LE PRÊTRE ET LE SOLDAT.

par G. Braccini

LE PRÊTRE

ET

LE SOLDAT.

—

PAR UN PAYSAN

qui a été soldat.

Si quis vult venire post me, abneget semetipsum,
tollat crucem suam, et sequatur me.

N.. S. J. C.

Euntes, Docete omnes gentes.

Id.

Si le ciel s'écroulait, nous le soutiendrions
de nos lances.

VIEUX DICTON GAULOIS.

CHARTRES.
GARNIER, IMP.-LIBRAIRE,
Place des Halles.

PARIS.
E. DENTU, LIBRAIRE,
Palais-National, 13.

1852.

PRÉFACE.

Il y a, dans un roman maritime de M. Eugène Sue, *La Salamandre*, je crois, un affreux petit mousse, laid autant que méchant, malfaisant autant que difforme ; tenant à la fois du démon et du singe ; qui ne se console de sa laideur physique et de son infériorité sociale, que par la diabolique et infernale résolution qu'il a prise de faire périr, à jour fixe, le navire et l'équipage, en perforant peu à peu, par un travail continu, solitaire et fatal, la coque du vaisseau, au-dessous de la flottaison.

A chaque rebuffade qu'il endure, à chaque horion qu'il attrappe, ce malin esprit dévore son humiliation, se dérobe aux regards, se glisse le long des bordages, rampe jusqu'à la cale, et là, maudissant tout ce dont la supériorité l'écrase, tout ce dont l'autorité le révolte et l'humilie, il se dédommage de toutes les injures, se console de tous les outrages, en poursuivant l'accomplissement de sa vengeance, qu'il savoure lentement, et qu'il ménage avec soin, pour en prolonger la douceur.

Il creuse tous les jours un peu plus, le trou par où la mer se précipitera, au jour qu'il aura marqué, engloutissant ceux qui lui sont ennemis, comme ceux qui lui sont doux ; ceux qui l'accablent de leur mépris, comme ceux qui le soutiennent de leur compassion ; ceux qui le frappent, comme ceux qui le nourrissent : tous ! les mousses ses compagnons, les matelots et l'état-major, le commandant et le navire !

Ce n'est pas dans la tempête qu'il espère ; ce n'est pas de l'ouragan qu'il attend sa vengeance ; c'est au milieu du calme, par une mer unie comme une glace, par un vent frais et favorable, par un temps serein et et propice, au milieu des joies calmes et douces d'une navigation heureuse, dans les plaisirs d'une fête à bord ou d'un banquet, que cet esprit malfaisant, que cet affreux gamin, détruira d'un dernier coup de pied la faible barrière qui sépare encore du naufrage et de la mort une opulente cargaison, un brave navire, et un vaillant équipage.

Le beau vaisseau, surpris dans son calme et foudroyé dans sa majesté, sombrera sous voiles, ne laissant pas même, au-dessus du gouffre refermé sur ses débris, la trace de son sillage ou la couleur de son pavillon.

M. Sue, à coup sûr, en créant ce personnage, avait présentes à la pensée quelques incarnations de l'esprit démocratique. C'est une réminiscence ou une prophétie ; c'est un souvenir de la révolution de Juillet, ou une prévision de la révolution de Février. Et chacun a reconnu dans ce mousse-type, la personnification des principaux agents de ces deux naufrages politiques, auxquels, plus habiles que le mousse de M. Eugène Sue, ils ont eu la joie d'assister, et le talent de survivre.

Le vaisseau, désemparé, a pu se sauver par un miracle : l'équipage, deux fois dispersé par la tempête, est diminué, vieilli, découragé ; un autre chef, et des matelots nouveaux, dévoués et résolus, ayant pour la plupart courage et fermeté à défaut d'expérience, s'efforcent de le radouber et de le remettre à flot.

Notre conviction profonde est qu'ils n'y parviendront pas, qu'ils ne peuvent pas y parvenir.

Les esprits malfaisants dont le romancier nous a fourni le type, ont trop bien accompli leur œuvre, trop sûrement calculé leur vengeance, et ouvert aux flancs du majestueux vaisseau, dont nous sommes les passagers ou les matelots, une trop large voie d'eau, pour que le salut par les moyens divergents, et mal combinés qu'on emploie, soit probable ou même possible.

Notre inébranlable conviction est cependant que ce salut est certain.

Si quelques uns de ceux qui parcourront ceci partagent notre sécurité et les motifs de notre inaltérable confiance dans l'avenir, nous n'y aurons pas été inutile.

Car c'est aider au salut, que de le faire espérer et pressentir.

LE PRÊTRE ET LE SOLDAT.

I.

Les sociétés Européennes, et la société Française en particulier, sont tourmentées d'un mal profond, universel, contagieux, qui tient tout en suspens, remet tout en question, alarme tous les intérêts, ruine toutes les espérances, et paralyse enfin toutes les relations, sur lesquelles reposaient jusqu'ici la grandeur et la prospérité des nations.

Avancer de quelques pas encore, dans la voie funeste qui nous a amenés là, c'est marcher à l'abîme, et s'y précipiter en aveugles.

1 *

S'arrêter dans cet état étrange, qui n'est ni le mouvement ni le repos ; qui tient le milieu entre la paralysie et la fièvre chaude, entre la léthargie et le cauchemar, c'est pis que de marcher à la mort ; c'est l'attendre les yeux fermés.

Les sociétés d'ailleurs ne s'arrêtent pas. La main qui les pousse et qui les conduit, leur a laissé la liberté du mal, mais non la liberté du repos.

Reculer ? Les sociétés ne rétrogradent pas ; pas plus que l'homme ne recommence sa vie.

Que faire donc et que résoudre, dans cette étrange et terrible situation, où un pas en avant c'est la mort, où rétrograder est impossible, et où la halte est interdite ? Qu'espérer dans cet enfer du Dante, d'où l'espérance même semble bannie ? Que faire ? Évidemment continuer à marcher, mais changer de route.

Nous croyons, nous, nous faisons plus que croire, nous savons que le salut est dans nos mains, que le moyen est près de nous, moyen assuré, efficace, infaillible, qui a toujours sauvé les sociétés qui ne sont pas condamnées, et qui sauvera la nôtre qui ne l'est pas : nous nous réservons de le prouver.

Notre thèse est claire. La voici :

Nous disons qu'en l'état actuel des sociétés Européennes, et de la société française en particulier, après les épreuves diverses, les rechutes multipliées, les déceptions sans nombre qui ont suivi l'application du rationalisme au gouvernement des sociétés; après l'essai infructueux ou funeste de tant d'hommes, la mise en œuvre stérile ou périlleuse de tant d'idées; il est téméraire, inutile, insensé, d'attendre encore le salut, d'un homme nouveau, ou d'une idée nouvelle.

Nous disons que deux hommes aussi anciens que la civilisation occidentale, représentant la même idée sous deux aspects différents, idée aussi ancienne qu'eux, L'ORDRE, deux hommes seuls, LE PRÊTRE et LE SOLDAT, sont destinés à arrêter la société Française et Européenne, la civilisation occidentale, sur la pente rapide où elles semblent fatalement entraînées.

Nous disons que ces deux hommes représentant les deux seules hiérarchies restées debout, après ce tremblement de terre, qui n'a laissé rien d'assuré dans aucun pays, rien d'intact dans aucune demeure, sont providentiellement destinés à sauver les sociétés modernes, et qu'ils les sauveront.

Ce mal universel qui agite et secoue le continent européen, on l'a appelé le Socialisme. Socialisme soit. Nous acceptons la dénomination, et nous l'adoptons comme moyen de discussion ; car selon nous le socialisme n'existe pas. C'est un mot, ce n'est pas un fait, encore moins une idée. C'est une négation, ce n'est pas une affirmation. Il échappe à l'analyse, et se soustrait conséquemment à toute espèce de réfutation. On peut évaluer, discuter, combattre, réfuter une affirmation : On ne pèse pas une négation.

Il y a d'ailleurs un grand danger dans les preuves. Car la discussion est obligée de considérer comme douteux ce qu'elle entend prouver. Et il ne serait pas difficile de faire voir, comment l'abus que le rationalisme a fait des preuves, a précisément eu pour résultat le doute universel que nous voyons.

Aussi notre intention n'est-elle pas de suivre dans le chemin sans issue où ils se sont engagés, quelques esprits d'élite qui ont cherché à combattre par la discussion, ce fantôme qu'on est convenu d'appeler du nom de socialisme.

Nous n'entreprendrons pas après eux de prouver la divine origine de la famille humaine, d'où dérivent comme corollaires toutes les vérités, toutes les institutions qui protégent la société contre le flot grondant des intérêts dévoyés, et des passions furieuses qui menacent de nous submerger.

Nous n'entreprendrons pas de prouver cela, parce

que le caractère distinctif de ce qui est évident est précisément de ne pouvoir pas être prouvé (1) : parce que c'est un principe qui se repousse ou qui s'admet, mais qui ne se démontre pas : parce qu'on ne prouve que ce qui est conséquence et déduction ; jamais ce qui est axiôme ou principe : parce qu'enfin l'homme à qui on disait de prouver le mouvement n'a pas eu, pour cela, besoin de faire un livre ; il a fait un pas.

Et le mouvement a été prouvé.

Mais le mal existe, mal profond, nous l'avons dit : mal universel, mal contagieux. Il cause un désordre général, multiforme, étendu, que la peur accroît, que l'empirisme augmente, et qu'entretient avec art une audace dont le secret est facile à pénétrer, et qui est plus apparente que réelle.

Nous croyons, nous, nous savons, et nous espérons prouver, que loin de recourir à des idées nouvelles, à des hommes nouveaux, nous devons attendre avec confiance, avec certitude, le salut dont beaucoup désespèrent, des hommes et des idées qui ont fondé, agrandi, illustré, sauvé la France, à toutes les époques de son histoire.

---

(1) Rien de ce qui se prouve n'est *évident*. Ce qui est *évident* se *montre* et ne peut pas être prouvé.

Pensées de Joubert, tome 1, page 154.

Nous avons dit que deux hommes, représentants d'une même idée sous deux aspects différents, le prêtre et le soldat, sont destinés à arrêter la société sur la pente où elle semble fatalement entraînée.

Il convient donc de diviser les preuves diverses que nous comptons apporter de cette assertion, et de montrer d'abord, que le prêtre et le soldat sont représentants de la même idée, l'ORDRE.

Puis, que cette idée suffit au salut.

Enfin qu'elle seule y suffit.

II.

Toute société qui se forme, toute nation qui se fonde, obéit dès sa naissance à des lois uniformes, qui naissent avec elle, qu'elle n'est pas libre de ne pas établir, et dont la réunion et la suite forment son droit national, et la constituent, comme corps de nation.

Quand Rome, nous dit Montesquieu, je crois, résolut d'asseoir sur une colline solitaire le centre de sa puissance future, elle y bâtit à la fois un *Temple* et un *Camp*.

Ce double caractère religieux et militaire, dura, dit-il, autant que la gloire, la vertu, et la liberté de Rome.

Ainsi dans l'antiquité, à la naissance des sociétés payennes, déjà cette parenté existe. Ceux par qui se fonde, s'asseoit, se perpétue et s'illustre cette société, sont le prêtre et le soldat.

« S'il fallait décider, dit Machiavel *(De la Répu-* » *blique*, chap. X, § 2.), s'il fallait décider auquel de » Romulus ou de Numa, cette république naissante » dut le plus, Numa, je pense, l'emporterait. *Où règne* » *déjà la religion, on introduit facilement la discipline* » *et les vertus militaires.* »

Tacite les appelle *geminæ*, jumelles.

Nous allons voir avec la société chrétienne, l'introduction du mot hiérarchie (principe sacré) et le mot plus significatif encore d'ORDRE, que prennent les associations militaires, comme les corporations religieuses.

« Le Clergé, dit un historien, ne vit pas sans crainte » le développement des *ordres* militaires, qui sem- » blaient usurper le temporel et le spirituel, le moral » et le politique.

» Il n'eut point la prétention d'annuler l'institution » naissante. Il fit mieux, et *pénétra les ordres mili-* » *taires de l'esprit ecclésiastique.* » Leurs membres furent considérés comme des espèces de lévites.

On lit dans l'*Ordene de Chevalerie* :

« Il y a grande ressemblance entre l'office de soldat
» et celui de prêtre. » On y lit encore : « Orgueil ne
» sied point à l'homme de guerre, ce qui lui convient
» c'est simplesse, comme au prêtre. » L'investiture
militaire reçut le nom ecclésiastique d'ORDRE, ORDI-
NATION, ORDENE.

« Au XVI⁰ siècle, dit le même historien, le chevalier
» espagnol Don Inigo de Loyola, l'une des plus vail-
» lantes lances d'un pays qui en comptait tant, devenu
» célèbre par la fondation de l'ordre des Jésuites, se
» fit chevalier de la Très-Sainte Vierge, solemnisa son
» entrée dans les *ordres* à la façon des anciens preux,
» et accomplit la veille des armes, devant l'image sa-
» crée. » *(Moyen-âge et Renaissance*, chap. de la Chevalerie.)

ORDRE. Ce mot que nous voyons si souvent de nos
jours, invoqué comme symbole de la sécurité, de la
paix, et de la prospérité publiques ; ce mot qui, d'un
bout de l'Europe à l'autre, sert aujourd'hui de mot de
ralliement, à tous ceux que le présent inquiète et que
l'avenir épouvante, ORDRE est un mot qui n'a son application, sa signification réelle et complète, que dans
le clergé et dans les armées permanentes. — L'investiture du prêtre se nomme l'ORDRE. Le soldat va à

l'*ordre*, porte l'*ordre*, donne le mot d'*ordre*. Celui dont on veut honorer le courage et l'abnégation est nommé chevalier d'un ORDRE spécial. Et le signe distinctif, envié, populaire, de cet *ordre*, c'est la CROIX (1). — Ce n'est pas en vain que les langues humaines conservent ainsi à travers leurs diverses transformations, la trace de ces analogies frappantes, dans des mots qui ont leurs racines au sein même de la réalité des faits. Cherchez l'ORDRE ailleurs, vous aurez beau faire, le mot ou la chose, vous ne les trouverez nulle part.

Cet homme que vous voyez marcher, le front incliné sous une pensée austère, traversant la foule sans s'y mêler, accueilli par le sarcasme, ou environné de respect; que l'enfant attend pour naître à la vie morale:

(1) Il y avait évidemment une intention bien marquée, lors de la création de la Légion-d'honneur, dans la substitution du nom de *Légion* à celui d'*ordre* et surtout dans la substitution plus significative encore de l'*étoile* à la *croix*.

Et pourtant, malgré l'éclat magique et la gloire impérissable, qui ont dès sa création, illustré l'institution nouvelle, les dénominations anciennes, chrétiennes, populaires ont prévalu. — La Légion-d'honneur, s'est appelée ORDRE royal, et s'appelle aujourd'hui ORDRE national — et l'étoile à cinq branches, et à dix pointes, a repris le nom populaire et traditionnel de la CROIX.

le pauvre pour revivre, le moribond pour trépasser ;
qui a une vie à part, isolée, solitaire ; des devoirs différents des vôtres ; le jeûne pour soutien, la pauvreté
pour compagne : il a accepté, il a choisi tout cela. Et
en échange de cette option libre, spontanée, volontaire,
il a reçu l'ORDRE.

Voyez-vous cet homme pauvre et simple, indifférent
et solitaire aussi dans nos villes, qu'accueille aussi le
sarcasme ou la haine ; qu'accompagne la bienveillance
et le respect de ceux qui ont l'intelligence des temps
modernes, qui traverse aussi la foule sans s'y mêler,
porteur d'un écrit qu'il défendrait au péril de sa vie.
Ce qu'il porte là, c'est l'ORDRE.

Ces deux hommes, dont l'aspect seul provoque souvent l'ironie ou l'injure, dont la simplicité, la gauche-
rie vous égaient : ce prêtre distrait, pensif et recueilli,
qui passe sur vos places, allant vers un but que vous
ignorez, distribuer ou rétablir l'ORDRE par des moyens
qui vous échappent : ce soldat insoucieux qui chemine
le long des quais, un sac de cuir fauve en bandoulière,
allant distribuer l'ORDRE sur des points que vous ne
connaissez pas ; ô vous qui faites des livres destinés à
résoudre les difficultés qui nous pressent, regardez-les,
regardez-les bien passer. Et tenez pour certain que ce
qui nous sauvera, ce ne sera point vos livres. — Des

livres qui doivent rester, dit-on. — Ce sera ce prêtre qui chemine, et ce planton qui passe.

SERVICE est encore un de ces mots dont nous avons parlé, et qui leur sont communs. Où le retrouverez-vous, si ce n'est là, dans toute sa grande, humble, glorieuse et tutélaire acception? Y en a-t-il un, dans les langues humaines où la parenté se manifeste davantage?

Comme tous les mots bien frappés, celui-ci, entre tous ceux qui leur sont communs, est entré dans la langue du monde et y est resté. On disait autrefois *servir* le Roi. Et aujourd'hui encore, quand le peuple veut parler plus spécialement, plus honorablement d'un des siens, et prononcer en sa faveur le mot qui le complète, et le désigne au respect, il dit qu'il a *servi*. C'est-à-dire obéi et commandé. — C'est-à-dire qu'il a pratiqué l'obéissance qui dirige la volonté, et exercé le commandement qui l'élève.

« Que celui qui voudra être le plus grand parmi » vous se fasse votre serviteur, » est une parole qui s'adresse à tous les deux. C'est-à-dire qu'il soit le premier au travail, à la veille, au péril; le dernier au repos et au sommeil. Le premier à bord pour le combat, le dernier dans l'embarcation du sauvetage. — Cette

parole n'est-elle pas la source visible du droit d'ancien-
neté, qui règle les relations, dans la hiérarchie des
grades, de toutes les armées permanentes ; et qui ac-
corde partout la prééminence et l'autorité à celui qui
compte le plus d'années de *service* : le plus de cette
noble servitude, et de cet illustre et glorieux esclavage,
qu'on appelle le commandement ?

DISCIPLINE est encore un de ces mots. Discipline
militaire et discipline ecclésiastique. Ce mot qu'on prend
vulgairement pour synonyme d'obéissance, signifie *enseignement*, ce que le *disciple* apprend du maître. Cherchez la discipline ailleurs, vous ne la trouverez pas non
plus.

Le Prêtre et le Soldat, en effet, sont seuls appelés et
destinés, par leur *discipline* et leur *service*, à maintenir
l'*ordre*, l'un dans les idées, l'autre dans les faits, qui
sont unis aussi par une indissoluble et étroite corrélation : à protéger l'un, l'ordre moral, l'autre, l'ordre
matériel indivisibles eux-mêmes comme le fait et l'idée,
comme le corps et l'âme.

C'est que leur discipline est la seule qui ait été assez
puissante, assez subtile, assez pénétrante pour donner
à l'obéissance toute la dignité d'une vertu, toute l'élé-
vation d'un sacrifice volontaire, tout le dévouement
d'une affection désintéressée.

Vous vous plaignez, vous vous mourez du désordre, vous savez où prendre l'ORDRE.

Vous périssez par l'anarchie, vous savez où est la hiérarchie.

La révolte des armes ou de la pensée est partout. Vous savez où se trouve l'obéissance.

Vous voyez avec effroi la foule agitée et bruyante de ceux qui veulent régir et gouverner.

Voyez avec espoir et sécurité le nombre de ceux qui n'aspirent qu'à servir.

Appellez-en, appellez-en au dévoûment, si vous voulez que le dévoûment vous réponde. La richesse publique est menacée par une convoitise effrénée. Si vous voulez la sauver, adressez-vous donc au désintéressement et à la pauvreté de ceux qui ont l'habitude, le goût, le culte du *sacrifice*, seul point d'appui de toute œuvre durable, de tout puissant ou sublime effort ici-bas.

Car la vertu militaire a cela de commun avec la vertu religieuse, qu'elle vit, prospère et se glorifie comme elle de sacrifices et de renoncements.

L'esprit militaire qui n'a rien de commun avec l'esprit guerrier, inquiet et batailleur dont on s'est efforcé de le mélanger; l'esprit militaire n'est autre chose que le résultat de l'esprit de discipline et de l'esprit de privation; du vœu d'obéissance et du vœu de pauvreté.

« *Si quis vult venire post me, abneget semetipsum,*
» *tollat crucem suam, et "sequatur me.* Si quelqu'un
» d'entre vous veut venir après moi, qu'il se renonce
» lui-même, qu'il soulève sa croix et me suive. »

C'est là une parole qui s'adresse à tous deux : au soldat
comme au prêtre. Les chefs d'armée y répondent
comme les princes de l'Église ; les Généraux de division
comme les Archevêques. Vous l'avez vu.

La famille est menacée, dit-on. Où lui chercherez-
vous des défenseurs ? Où est la plus haute expression
de la famille ? Quel est celui qu'à toute heure, et dans
tous les pays, dans toutes les langues humaines, et
dans tous les idiômes connus, on appelle le Saint-Père,
dont tous les enfants, à quelque société, à quelqu'hé-
misphère, à quelque race qu'ils appartiennent, s'appellent entr'eux *mes frères ?*

Voilà pour le prêtre, voyons pour le soldat ; mais
assurez-vous d'avance qu'il en est encore ainsi. Encore
et toujours, vous verrez une série de causes parallèles,
produire sans interruption le parallélisme des effets.

Une troupe, qu'est-ce autre chose qu'une famille ?
le chef, qu'est-il autre chose que le père ? même autorité, mêmes devoirs, même abnégation, mêmes sacrifices.

Comme le père qui ne s'oublie pas, qui ne se sacrifie pas pour sa famille est un mauvais père. — Le
chef qui ne se sacrifie pas pour sa troupe est un chef
indigne.

Aussi quand les soldats, dans leur langage des camps,
veulent glorifier leur chef, ils ne disent pas : Il est le
plus grand, le plus digne, le plus riche, le plus noble,
le plus vaillant d'entre nous. Ils disent : Il est le Père
du soldat. Et ce chef qui s'élève encore en étant nommé
Père, remplacera pour eux désormais, sur la terre in-
hospitalière où ils ont à combattre et à mourir, la patrie éloignée et la famille absente.

Est-il nécessaire d'insister davantage sur les analogies, sur les identités qui résulteraient de la comparaison historique des institutions ecclésiastiques et des
institutions militaires ?

Partout et toujours, nous verrions le principe qui
leur est commun, les soumettre aux influences qu'il
subit lui-même; partout et toujours, ces deux institutions du clergé et des armées, s'abaissent, se relèvent,
s'effacent et reparaissent simultanément, souffrant et
triomphant à la suite des mêmes alternatives, soumises
aux mêmes vicissitudes, toujours *militantes*, unies dans
la gloire comme dans les revers ; mais toujours fidèles
au principe qui les régit, et y puisant leur force, même

dans leur plus apparent abaissement. — Et partout et toujours aussi', nous verrions la gloire, la civilisation, la grandeur et la prospérité des nations, dans un rapport direct et constant, avec la splendeur du temple et l'éclat du camp. — C'est-à-dire avec l'abnégation du prêtre, et l'abnégation du soldat.

———

III.

L'Ordre, en général, est la mise en rapport des moyens au but, du fait au principe.

L'Ordre moral est cette vertu, cette FORCE, qui tient l'homme à sa place, qui la lui fait sentir, aimer, garder, comme un lien natal, aisé, commode, accoutumé.

C'est, dans la société, la force correspondante à celle qu'on appelle en physique, force de cohésion, et qui maintient en état d'agrégation les molécules des corps.

L'Ordre n'est donc autre chose que la force de cohésion du monde moral et social, comme la force de cohésion, est l'ordre du monde physique.

Or, cette force ne saurait manquer au monde moral

et social, pas plus qu'au monde physique, sans faire de l'un comme de l'autre un amas de molécules ou d'individus que le vent disperse, que l'ouragan des passions soulève et agite : un chaos de volontés qui se heurtent, de passions qui s'attaquent, de convoitises qui s'entre-choquent, de frénésies qui se déchirent.

Donc, Dieu y a pourvu. — Nous affirmons qu'il y a pourvu, et que cette Force indispensable, et sans laquelle le monde ne serait pas habitable un quart d'heure, l'*Ordre* a été dès la naissance de la civilisation chrétienne, établi et perpétué dans le clergé et dans les armées permanentes, par la discipline ecclésiastique et la discipline militaire, et personnifié dans le Prêtre et dans le Soldat.

Un aperçu sommaire et abrégé du chemin que la doctrine négative a fait pour arriver jusqu'à nous, permettra d'embrasser d'un coup-d'œil, la question, complexe en apparence, mais en réalité simple et une, qui nous occupe ; d'apprécier l'étendue, la nature, et la gravité du péril, et d'arriver, par la pente naturelle et insensible des conséquences, à cette conclusion finale, que l'idée représentée par le Prêtre et le Soldat suffit au salut de la société. Enfin qu'elle seule y suffit.

Encore une fois, notre thèse est fort claire, et la voici :

Nous prétendons, non pas prouver, mais simplement montrer que la doctrine négative, qui a d'abord pris le nom d'hérésie, et s'est appelée Gottescalc, Jean Scot et Bérenger, au IXᵉ et au XIᵉ siècle ; puis celui de protestantisme, et s'est appelée Martin Luther, Ph. Melanchton, Æcolampade et Jean Calvin ; puis celui de rationalisme, et s'est appelée Helvétius, Rousseau, Diderot, d'Alembert, Voltaire et baron d'Holbach ; puis, celui de révolution, et s'est appelée Mirabeau et Bailly d'abord, et un peu après, Camille Desmoulins, Saint-Just, Robespierre et Fouquier-Tinville ; puis enfin celui de socialisme, et s'appelle aujourd'hui Proudhon, Louis Blanc, Pierre Leroux, Considérant et Lamennais ; que cette doctrine négative, enfin, a suivi, pour arriver au gouvernement des sociétés, une voie directe et logique, quoique tortueuse et folle en apparence. C'est cette route qu'il convient d'éclairer ; et quand nous aurons montré que la doctrine négative, après avoir attaqué le Prêtre, s'est aussi prise au Soldat, sentant bien qu'il fallait avoir raison de ces deux forces vives, vaincre ces deux milices pour avoir raison de la société ; quand nous aurons vu que ces efforts constants, soutenus, opiniâtres ont eu pour but d'annuler le Soldat, aussi bien que d'ôter créance au Prêtre, nous aurons, ce nous semble, fait la plus grande partie de notre tâche, et en même temps la plus facile, puisque c'est la doctrine négative elle-même qui confirmera ainsi, par la direction de ses attaques, l'assertion que nous avons émise en commençant, savoir : que le Prêtre et le Soldat, ensemble et solidairement, sont dépositaires et garants de l'ORDRE, dans sa plus haute, sa plus complète et sa plus noble expression.

Il convient donc de parcourir à la hâte le chemin que nous avons indiqué, et de tracer en passant la filiation directe que nous avons établie; puis d'examiner, dans la voie parallèle à celle qu'ont suivie les idées, ce qui s'est passé dans l'ordre des faits, pour juger avec quelque maturité, de ce qu'est devenue aujourd'hui cette doctrine, des résultats qu'elle a obtenus, de l'espoir qui lui reste, et par conséquent des craintes qu'il est permis de concevoir.

IV.

Dans les premières années du neuvième siècle, de 819 à 851 — il y a précisément aujourd'hui mille ans, — Jean Scot avait émis les premières idées sur lesquelles s'est appuyé, deux siècles plus tard, Bérenger, théologien à Tours et archidiacre d'Angers, pour nier la nécessité du Baptême, attaquer la sainte Eucharistie, et contester la Transubstantiation.

Le pape Léon IX condamna les écrits de cet hérésiarque et l'excommunia lui-même en 1049. Bérenger, qui persista, prêcha sa doctrine en Normandie, jusqu'au Concile de Tours, où il abjura ses erreurs et rentra dans l'Église. Le Concile de Tours est de 1055.

Les vingt années qui séparent le Concile de Tours du Concile de Poitiers, furent employées par Bérenger à répandre de nouveau, et avec plus d'ardeur encore, en France, la doctrine condamnée, et abjurée par lui.

Esprit tenace et flottant, — c'est le caractère distinctif des démolisseurs, — à la fois incertain et opiniâtre, Bérenger passait de l'orthodoxie à la négation, de la soumission à l'hérésie, avec une animosité et une ardeur que son grand âge ne calma point (il avait alors près de cent ans), et que nous retrouverons avec sa doctrine, cinq siècles plus tard, dans le continuateur de son œuvre.

En 1080 enfin, il fit entre les mains de Grégoire VII, à Rome, une nouvelle abjuration de ses erreurs, et la renouvela encore publiquement l'année suivante au Concile de Bordeaux. — Puis il mourut.

Mais si les hommes meurent, les doctrines restent, et c'est la honte et le malheur des grands esprits aveuglés, de se survivre dans leurs erreurs. Le protestantisme donc, qui n'a pris un nom qu'à partir de 1523, a une plus ancienne origine ; car est-il besoin de montrer dans ce théologien hérésiarque et relaps, dans cet archidiacre d'Angers, le précurseur évident du moine Augustin d'Erfurt, de Martin Luther? Et dans les discussions agitées des Conciles de Tours, de Poitiers, de Bordeaux, les avant-coureurs de la dispute de Leipsig et de la diète de Worms?

Mais si Bérenger a posé les principes, ce n'est toutefois, ni Martin Luther, ni Jean Calvin qui ont tiré les conséquences; ils ont fait le raisonnement, mais ceux qui doivent conclure viendront après.

Écoutons M. Louis Blanc *(Causes de la Révolution française)*, tome Ier, chapitre II. — « Il y eut dès lors » des esprits auxquels il n'échappa point que du fond » de ces innovations étranges sortirait tôt ou tard une » révolution politique; — car, dit-il encore, c'en est » fait du principe d'autorité, quand on l'attaque dans » sa forme la plus respectée, *et tout Luther religieux* » *appelle invinciblement un Luther politique;* il y avait, » au fond de ces nouveautés, une révolution et des » abîmes, et *de hardis logiciens devaient venir plus tard* » *qui tireraient la conclusion de ces doctrines.* »

» *On n'arrête pas la pensée en révolte*, dit encore » M. Louis Blanc. La réforme avait pour but de dissou- » dre la grande association fondée sous l'empire du » principe d'autorité. »

Nous étions donc fondé à dire que le protestantisme, qui n'a d'ailleurs ni rien inventé, ni rien fondé, qui n'est pas une forme définitive et fixée, mais une des variations de la doctrine négative, attendait, pour se transformer encore, des circonstances favorables à son développement et la température orageuse de la révolution française ;

La doctrine négative s'était emparée, par la propagande et par un prosélytisme ardent, de la catholique Angleterre. Elle y avait signalé son avènement par une de ces catastrophes lamentables qui laissent une longue trace après elles dans la suite des âges, et qui annoncent aux nations les heures critiques et solennelles de leur histoire. Sa prise de possession définitive ne date en effet que du palais de White-Hall, et du 9 février 1649 ; et ses lettres de grande naturalisation dans le Royaume-Uni sont signées du sang du roi Charles Ier.

Notre caractère national s'accommodait peu des formes rigides et de l'aspect austère qu'elle avait revêtu. Il devint nécessaire de se modifier, de se transformer pour nous séduire. Elle s'appela *Rationalisme*, et affectant les allures du bel air, s'introduisit à la cour, sous la protection des gens de qualité. A Paris comme à Londres, l'effet fut prompt, sanglant, identique. Sa prise de possession date du 21 janvier 1793, et fut signée du sang du roi Louis XVI et de la reine Marie-Antoinette.

Avons-nous besoin d'autres preuves, et faut-il appuyer sur cette évidence ? Faut-il établir la filiation des esprits égarés ou pervers qui agitent aujourd'hui l'Europe, et tracer à travers les âges écoulés, cette généalogie funeste ?

A cette heure suprême, la doctrine négative avait pris possession de son empire. — Voyons comment elle le maintint, comment elle le conserva, comment elle l'accrut jusqu'au jour où nous sommes.

———————

V.

Toute idée qui se produit, toute doctrine qui se fonde et qui tend à établir son empire, crée nécessairement, et à court délai, une force matérielle complémentaire qui lui correspond dans l'ordre des faits.

L'indice fatal et manifeste de la vitalité d'une doctrine, n'est donc pas son éclosion dans l'intelligence, ou son apparition dans le monde moral ; c'est la génération de la force matérielle qui lui correspond et qui la complète.

Toute doctrine, pour être viable, exige à court délai la production, de cette force matérielle, comme tout esprit exige un corps.

De même, toute société, toute corporation, ne trouve sa raison d'être, que dans un corps de doctrine dont l'esprit l'anime, la pénètre, la met en mouvement, comme tout corps exige un esprit.

Le droit illimité de libre examen, admis par la conscience, était passé dans la politique. Sous prétexte d'affranchissement, il avait asservi les âmes ; sous prétexte de liberté, il voulut asservir les peuples. De l'état d'abstraction, il allait passer à l'état de fait. Il arriva ce qui arrive toujours. Il lui fallait une force matérielle, correspondante, qui fût dans l'ordre politique ce qu'il était dans l'ordre moral. Nous allons voir la force se produire ; force négative comme lui, dissolvante comme lui, et qui, à partir de ce moment solennel, sera dans l'ordre des faits ce qu'il est dans l'ordre des idées : un obstacle à tout bien ; une cause de tout mal, de toute chute, de toute ruine, dans le passé comme dans l'avenir.

Et, notons bien ceci. A chaque transformation de la doctrine négative, à chaque prise de possession, si courte et si passagère soit-elle, nous verrons se produire dans l'ordre des faits, la force matérielle dont elle a besoin pour assurer son empire.

La doctrine du libre examen avait produit les fruits

que nous avons dit : La mort violente et criminelle des
chefs, des deux premières monarchies du monde ; la
guerre civile agitant les cités et incendiant les campagnes ; les croyances déracinées, les institutions chan-
celantes ; l'Allemagne noyée dans le sang ; les plus fer-
mes esprits vacillants, et déroutés par les lueurs trom-
peuses de cette lumière nouvelle, qui apparaissait
comme un flambeau et qui n'était qu'un tison ardent :
— de ridicules disputes, des logomachies puériles, —
tous les maux et toutes les craintes, tous les ridicules
et tous les dangers. — Quelle devait donc être la nature de cette force bizarre, destinée à lui correspondre
dans l'ordre matériel ? Que pouvait être cette création
inconnue, mais inévitable, qui devait la compléter, et
lui venir en aide dans l'ordre des faits ?

Problème insoluble en apparence : Car il fallait, pour
y parvenir, concilier des impossibilités, et unir les contraires. Il fallait que cette création nouvelle, mais nécessaire, fût à la fois la plus grande force et la suprême
faiblesse : le plus grand danger, sous l'apparence de la
protection la plus assurée ; le plus illusoire des appuis,
sous la forme du plus solide et du plus inébranlable
soutien ; le plus lamentable des ridicules, sous l'aspect
imposant et majestueux du nombre ; la division qui fait
la faiblesse, sous l'apparence de l'Union qui fait la

3

Force ; personne, sous l'apparence de tout le monde ;
Rien enfin, sous la forme de Tout! — Que pouvait-elle
être donc, sinon le plus grand leurre, le plus grand
ridicule et le plus grand péril des temps modernes ? —
Le droit de libre examen appliqué aux armées ?

Nous avons nommé l'institution de la garde nationale.

Et depuis soixante ans tout-à-l'heure qu'elle fonc-
tionne, a-t-elle menti à son origine, et failli à son
mandat? Depuis les deux tiers d'un siècle, qu'elle a
pris naissance, n'est-il pas permis de l'estimer à ses
œuvres, et de juger l'arbre à ses fruits? — N'est-elle
pas aujourd'hui, comme alors, n'est-elle pas, bien
mieux que le ridicule en permanence? N'est-ce pas le
désordre sanctionné par la loi, le trouble organisé,
la guerre civile incessamment suspendue sur la cité,
l'insurrection à l'état chronique?

Ceux qui en douteraient malgré les ruines du passé,
et les angoisses du présent, l'avenir les convaincra.

VI.

Toute institution qui résume un principe, bon ou mauvais, qui en est l'expression, l'application, la fin, se résume infailliblement elle-même, dans un homme : Dans un homme qui en est le promoteur et l'instrument, qui la produit et qui l'applique, qui la met en lumière et qui la met en œuvre.

Cet homme se trouvera.

Il s'est trouvé en effet; et il a été pendant près d'un demi siècle, le représentant fidèle et opiniâtre, la personnification vivante, l'incarnation active et fatale, de cet esprit de vertige, d'agitation, de désordre, et de ruine, dont la garde nationale a été l'instrument, en même temps que la victime.

Le Protestantisme religieux avait été soufflé sur le monde, par un moine obscur, appartenant à l'institut Cénobitique et à l'ordre des Augustins. Le Protestantisme militaire devait être inauguré par un gentilhomme d'épée.

Ce serait une curieuse et instructive recherche, que celle qui aurait pour but la comparaison exacte et complète, de ces deux évènements et de ces deux hommes, qui se correspondent historiquement, et qui ont entre eux plus de rapports, et plus d'affinités qu'on ne serait disposé à le croire.

Il ne serait pas difficile de trouver dans les premières lettres de Martin Luther, à son retour de Rome, les premiers indices de ses prochaines révoltes, et l'équivalent anti-religieux des lignes anti-militaires qu'on va lire.

« AU SORTIR DU COLLÉGE où rien ne m'avait
» déplu, *que la dépendance*, je vis avec mépris les gran-
» deurs de la Cour; avec pitié les futilités de la société,
» avec *dégoût* et *indignation, les minutieuses pédan-*
» *teries de l'armée.* »

Marie-Paul Gilbert de Motier, marquis de La Fayette, n'avait pas encore seize ans quand il sortit du collége.

Toute l'histoire de la garde nationale est dans ces deux lignes d'un enfant.

Mais cet enfant n'a jamais vieilli. — Il est resté pendant les quatre-vingts années de sa vie, l'enfant que vous venez de voir. Aucun désastre ne l'a averti, aucune expérience ne l'a détrompé, aucun incendie ne l'a éclairé. — C'est un fruit vert, trop tôt séparé de sa tige, et qu'aucun soleil n'a pu mûrir.

Quand Luther revint de Rome, l'esprit troublé, et en proie à des inquiétudes confuses, à des aspirations désordonnées, il écrivait : « Je ne sais d'où me vien- » nent ces pensées. Une force insurmontable me do- » mine et m'entraîne. »

M. de La Fayette écrivait ceci à M. Le Bailly de Ploën : « Une passion irrésistible, qui me ferait croire » aux idées innées, et à la bonne foi des prophètes, a » décidé de toute ma vie. »

Luther disait : « *Fovebat me, aura ista popularis.* » J'étais échauffé par cette brise populaire. » La Fayette nous indique dans la même correspondance la source

où il puisait sa force, et qu'il appelait : « Le charme
» énivrant du sourire de la multitude. »

Toute cette école rationaliste, n'a jamais eu d'autre
point d'appui, ni reconnu d'autre guide que ce qu'on
a appelé, par antiphrase sans doute, l'*esprit public*.
— Et nous ne verrons, depuis le jour où M. de La
Fayette a créé la garde nationale, depuis le jour où il
déclara que l'insurrection du 14 juillet est « la seule
« qui fût nécessaire et la seule qu'il eût voulue », nous
ne verrons aucun désastre de la France, aucune dou-
leur, aucune ruine de la Patrie, à laquelle l'homme et
l'institution soient restés étrangers.

On prétendait, à tort ou à raison, que le roi comptait
sur les Suisses, et se défiait des troupes; que les dragons
du prince de Lambesc chargeaient les citoyens inof-
fensifs; que Royal-Allemand était réservé à l'exécution
des projets les plus absurdes. Une sorte de patriotisme
de carrefour, dont nous avons aujourd'hui l'expérience,
se servit de ces bruits, et les présenta au peuple, avec
une perfidie qui n'avait pas besoin d'être habile. — Le
14 juillet en fut le résultat. Les gardes-françaises firent
cause commune avec le peuple insurgé.

Du désordre dans les idées, et du désordre dans les

faits ; du trouble des esprits et du trouble de la cité ;
de l'agitation morale et de l'agitation matérielle ; de la
violence d'un côté et de la faiblesse de l'autre ; de la
révolte populaire et de l'insurrection armée ; sous le
voile d'un prétexte et sous la protection d'un mensonge,
la garde nationale était née ! !

Dès le surlendemain 16 juillet, M. de La Fayette
disait aux membres du comité d'organisation assemblés
à l'Hôtel-de-Ville : « Je vous apporte, Messieurs, une ins-
» titution à la fois civique et militaire, destinée à triom-
» pher des vieilles tactiques de l'Europe, et *qui rédui-*
» *ra ses Gouvernements à l'alternative d'être battus s'ils*
» *ne l'imitent pas*, *et* RENVERSÉS S'ILS OSENT L'IMITER. »

L'homme et l'institution se reconnurent et s'adop-
tèrent. Et de cette union qui dura cinquante ans, sont
issus, comme il en devait arriver, tous les périls, tous
les désastres, toutes les détresses, toutes les ruines,
toutes les émeutes, et toutes les révolutions qui nous
ont assaillis, hélas ! et celles qui nous sont réservées.

Des dates seules suffiraient à confirmer par le souvenir d'un passé plein de ruines, les prévisions et les
terreurs d'un avenir plein d'épouvante. Et la série de
ces dates rappelant les plus désastreuses époques, les
jours les plus néfastes de l'histoire contemporaine,

tracerait à travers les soixante années qui viennent de s'écouler, l'histoire politique et parallèle de l'homme et de l'institution, par le récit de toutes les convulsions, de tous les malheurs, de toutes les chutes, et de toutes les ruines de la Patrie.

A partir du 14 juillet 89, en passant par le 6 octobre, le 10 août, le 21 janvier, — et 1814 et 1815, et 1830 (1), et 1848, — et Lyon, et Paris et Grenoble. — La liste serait longue, si nous n'en omettions, et des plus tristes.

M. de La Fayette, appuyé sur l'institution, brise dans la séance du 21 juin, entre les mains de l'Empereur Napoléon, la seule épée qui pût encore payer la rançon de la France envahie et captive, sauver le territoire épuisé et conquis, racheter par le sacrifice de ce

(1) Le fragment suivant est extrait d'une lettre écrite à la date du 16 avril 1831, par un membre du corps diplomatique, à sa cour, qui était entrée dans le système de neutralité armée, contre la monarchie de 1830. Il fait connaître l'opinion nette et significative, qu'on professe dans le nord de l'Europe sur l'institution révolutionnaire de la garde nationale.

» Rompre la paix, et attaquer la France quand les fac-
» tions s'agitent, et pendant qu'elle organise ses gardes
» nationales, serait plus injustifiable encore, car *chaque*
» *bataillon de cette garde, qu'on y organise, nous dispense*
» *d'en mettre un sur pied, et diminue d'autant les forces que*
» *le* casus belli *exigerait de la confédération.*

qui lui restait fidèle, la Patrie vaincue et agonisante ; — appuyé sur la garde nationale, il fit éloigner l'armée : Et ce vote ouvrit à deux battants la porte à l'invasion de la capitale, et à l'Europe entière représentée par un million de soldats !

Puis, par un retour qui est l'histoire de toute sa vie, par un de ces retours pleins d'amertume qui font, pendant quatre-vingts ans, passer cet enfant vieillard d'une faute à un regret, il écrit : « Les ennemis entrèrent. Je » m'enfermai chez moi et je fondis en larmes. »

Un historien nous dit : « Luther avait parfois des » abattements d'une profondeur effrayante, et ses ré- » voltes étaient sujettes aux plus mélancoliques retours. » — Le 15 janvier 1520, lorsque déjà brûlait dans » l'Europe entière l'incendie qu'il avait allumé, et qu'é- » clata sur sa tête la bulle qui le frappait d'anathème, » Plût à Dieu, dit-il, que l'affaire n'eût pas abouti à » un si grand tumulte », puis il pleura ! »

Pierre aussi, après avoir renié trois fois son maître, se ressouvint de la parole qui lui avait été dite, *et se retirant à l'écart, il pleura amèrement. — Et egressus foras, flevit amarè* (1).

(1) Luc, XXII, 81. — Joann., XIII, 27.

Pour terminer enfin par un dernier et frappant rapprochement ce parallèle que nous n'avons voulu qu'indiquer, l'Homme dont la vie entière, résumée dans l'institution fatale qu'il a léguée à son siècle et à son pays, se trouve tracée à l'avance dans quelques lignes écrites avant seize ans, cet homme dont l'ancien monde n'a pu suffire à contenir et à épuiser la funeste et puérile ardeur, cet homme, après avoir agité les deux hémisphères et troublé tous les continents, écrit de la retraite où il cherche le repos, après avoir ébranlé des trônes et secoué toute autorité, il écrit : « Je ne puis » vous dire avec quelle *délectation* (sic) je me courbe » devant un maire de village. »

Martin Luther, arrêté le soir, à l'heure du silence et du recueillement, dans le cimetière de Worms, s'écriait dans l'amertume de son cœur, en étendant la main vers les morts : « *Invideo, invideo quia quiescunt.* »

Oui, il y a une loi, loi universelle et perpétuelle, loi morale, comme loi physique et sociale, qui veut que les effets soient proportionnels aux causes; que la fin réponde au commencement, les conséquences au principe; qui veut que ce qui était dans la cause, se reproduise, se perpétue et se multiplie dans les effets, et ce qui était dans le passé, dans l'avenir.

Et nunc erudimini, qui agitatis terram!

VII.

Nous avons nommé doctrine négative, celle dont les hérésiarques d'abord, Luther et ses disciples ensuite, puis les rationalistes, puis les socialistes d'aujourd'hui, ont été l'expression successive et transformée, mais directe et évidente.

Or, toute doctrine a un mode de propagation, de diffusion nécessaire et d'expansion inévitable. Et ce mode, le même pour toute doctrine, c'est l'enseignement.

Le Rationalisme en effet, maître de la position, ne pouvait faillir à cette nécessité de toute doctrine. Maître des idées dans le présent, il devait tendre à perpétuer cet empire, et à l'assurer dans l'avenir. — Il n'y manquera pas.

L'application du droit de libre examen aux armées, à l'ordre matériel, avait donné pour résultat l'institution de la garde nationale. — Le libre soldat.

Le même principe appliqué à l'ordre moral, devait donner pour résultat le libre penseur. — Et l'Université fut créée.

L'identité du principe devait donner dans les deux ordres des faits et des idées, des résultats analogues, parallèles, presque synchroniques, — Nous n'avons pas à démontrer si cela a été, — car si les ruines du passé ne suffisaient pas, les craintes de l'avenir, qui sont la conscience de ce qui doit être, le prouveraient surabondamment. — Il y a, en effet, des choses beaucoup plus sûres encore, que celles qui *sont,* ce sont celles qui *doivent être;* comme il y a des choses plus fausses que celles qui ne sont pas vraies. Ce sont celles qui sont impossibles.

Ce jour-là fut, plus encore que le 14 juillet 1789, un jour fatal et solennel entre tous. Ce jour de la création de l'Université, le schisme fut complet. L'œuvre fut accomplie. Car le protestantisme, qui en était l'expression transformée et passagère, la forme éventuelle et transitoire, n'a produit son double fruit, qu'à la double création du Rationalisme enseignant, et du Rationalisme armé.

Ici encore faut-il établir la filiation et tracer la généalogie morale des docteurs, comme nous avons tracé le chemin de la doctrine? Faut-il montrer les phases diverses, les progrès croissants et soutenus de la doctrine; les succès, les triomphes, les ovations des docteurs, de 1820 à 1850, de M. Guizot à M. Michelet, de M. Villemain à M. Quinet, de M. Cousin à M. Jacques?

Faut-il mettre en évidence surtout, la conformité de vues, la similitude de procédés, la cordiale entente, la communauté d'efforts, et l'identité des résultats, entre ces deux institutions jumelles aussi (*geminæ*, dit Tacite) du Rationalisme enseignant et du Rationalisme armé?

A défaut des faits dont on peut contester la signification, nous avons mieux, pour le mettre en lumière, nous avons la loi. — Cette loi que nous avons énoncée, de la proportion des effets aux causes, et qui engendre à court délai la traduction matérielle de tout enseignement avidement écouté.

Il y a une étroite et inévitable corrélation entre la doctrine et le fait, nous l'avons dit. Entre la doctrine qui agite les esprits, et le fait qui agite les cités. Entre l'enseignement qui égare et ravage les cœurs, et l'émeute qui trouble et dévaste les villes. — Chaque faux raisonnement est une étincelle, chaque dilemne est un coup de fusil, chaque sophisme est une cartouche multipliée par le nombre des auditeurs, et élevée à une puissance indiquée par le chiffre des disciples.

Est-ce en présence des événements contemporains qu'on niera l'étroite parenté qui existe, entre celui qui conteste les principes, le sophisme à la bouche, et celui qui les nie, les armes à la main?

De même donc, entre celui qui les défend par la parole, et celui qui les protège par l'épée.

Dès que vous voyez s'établir un enseignement qui surexcite les ambitions et allume les convoitises, dites que l'excitation matérielle et l'incendie réel ne sont pas loin. Dès que vous voyez apparaître une doctrine, qui fait, comme on dit, révolution dans les idées, dites qu'il se produira un fait qui fera révolution dans le territoire. Dites cela avec certitude; comme vous pouvez affirmer que le boulet n'est pas loin, quand vous voyez flamber l'étoupille.

Et chose digne de remarque, c'est toujours sous prétexte d'*éclairer les masses*, et de leur communiquer la *lumière*, que la doctrine s'avance et que l'enseignement s'établit.

Dans le canon comme dans la société, le conduit par où on communique le feu à la charge, se nomme aussi *la lumière*.

Est-ce par une coïncidence bizarre et fortuite, ou par un jeu de mots profond et sanglant, que les premiers artilleurs, en créant la nomenclature des bouches à feu, l'ont nommée ainsi ?

La doctrine, l'enseignement, cela est acquis, et nous avons, hélas! payé cette certitude assez cher; l'enseignement agite les masses, les soulève, les emporte, les précipite, curieuses, avides et frémissantes, avec une impulsion fatale, dont la portée ne peut être calculée, dont l'effet ne peut être prévu, dont la vitesse ne peut être ralentie. Qu'en peut-il, qu'en doit-il résulter, évidemment un choc, proportionnel à l'impulsion. Ceux qui en douteraient n'ont qu'à ouvrir un petit traité de physique à l'usage des commençants, et ils y verront cette proposition dont la démonstration est élémentaire :

« Le choc est le produit de la masse par la vitesse. »

Les docteurs qui professent cet enseignement, sem-

blent donc, et ils croient peut-être, faire de la littéra-
ture et de la philosophie. — Ils font tout simplement
de la pyrotechnie et de la balistique.

Mais ce qui confond le raisonnement et déroute l'observation, ce qu'il faut se borner à constater, en renon-
çant à le comprendre, c'est que des assemblées d'ori-
gines diverses, des gouvernements de nature différente,
que l'exemple du passé eût dû éclairer et avertir, se
croient le droit (et certes ce n'est pas nous qui le leur
contesterons) de proposer, de voter, d'appliquer des
lois sévères contre les détenteurs d'armes de guerre,
et les fabriques clandestines de poudre, mais laissent
la société désarmée et sans défense, contre ces excès
de la parole, précurseurs et provocateurs de la guerre
civile.

Or, qui n'a vu, après les descentes opérées par la police, ce qu'on saisit sous le nom d'armes de guerre ?
De tristes fusils, des carabines incomplètes, des esco-
pettes hors de service, pour la plupart : moins mena-
çantes à coup sûr, pour la société, que pour les
imprudents qui tenteraient de s'en armer.

Et ce que les rapports de police qualifient poudre de
guerre, qu'est-ce encore ? sinon une mixture mal fabri-
quée, mal conservée, qui s'évente et s'avarie en peu de
temps, et n'offrant de danger réel, indépendamment de

la prison, que pour les malheureux qui la manipulent, et les niais qui la recèlent.

Mais contre ces manufactures d'armes patentées, ces approvisionnements au grand jour, ces arsenaux de la doctrine, ces fonderies de l'enseignement, et ces forges de la parole ; contre ces manufactures d'armes sûres, insaisissables et meurtrières, la société est impuissante à se protéger.

L'autorité y est indifférente quand elle n'y est pas favorable. Les gouvernements les tolèrent quand ils ne les encouragent pas.

On emprisonne les niais qui recèlent quelques sabres de contrebande, ou quelques fusils de rebut : On solde, on pensionne, on décore le docteur qui en a chargé mille. — La langue gouvernementale et administrative appelle cela Protéger la pensée, et Honorer les lettres !!!

O altitudo.

VIII.

Il résulte, ce nous semble, de tout ce que nous avons dit, que l'ORDRE, la force de cohésion du monde moral, est résumé, dans la doctrine affirmative, représentée sous son double aspect, par le Prêtre et le Soldat; comme aussi le désordre, la force dissolvante du monde moral et social, est résumé sous sa double forme morale et matérielle, dans l'Université et dans la Garde nationale.

Il n'entre ni dans nos attributions, ni dans nos vues de montrer à quel titre le Prêtre en est dépositaire.

Mais ce qu'il nous est interdit de dire de la mission, du service, et de la discipline du Prêtre, nous le dirons de la mission, du service et de la discipline du Soldat.

Le Soldat, avons-nous dit, représente la Force.

Commençons par protester contre toutes les accusations qui ne manquent jamais de s'élever, et avec justice, contre l'appel à la Force. Commençons par protester contre tout appel à la tyrannie des armées, la pire des tyrannies ; Contre le régime oppressif et humiliant de la contrainte brutale, et de la force aveugle ; Contre l'odieuse et intolérable oppression de la pensée, qui en est le résultat. Un pamphlet célèbre a tout récemment invoqué et préconisé cette Force, qui, nous nous hâtons de le dire, n'aurait pas d'adversaire plus décidé, de plus irréconciliable ennemi que nous-mêmes.

Nous savons tout ce qu'il y a à dire des armées dépositaires de cette force dégénérée, et des nations qui ont la honte et le malheur de la subir. Nous savons que cette Force unique, exercée sans contre-poids, n'est bientôt qu'une violence brutale et avilie, qui dégrade et précipite ceux qu'elle élève, et qui transporte sans honte et sans pudeur, sa vénale obéissance et sa faveur d'un jour, de Galba à Othon, et d'Othon à Vitellius.

Et à défaut des preuves historiques, des déductions

morales, et des exemples du passé, n'avons-nous pas,
à l'heure même où nous écrivons, les nouvelles du Por-
tugal pour nous dire où est entraînée la nation qui
marche à la suite et à la merci d'une armée en révolte.

Aussi, rien n'est-il plus loin de nous qu'une telle
pensée, et tiendrions-nous pour une injure, la seule
supposition d'un appel à cet appui trompeur, et à ce
secours avilissant.

D'autres pourront conseiller peut-être, de courber la
tête sous la protection du sabre : d'élever des autels à
la peur, et d'y adorer la Force brutale, sous la forme
symbolique d'une cartouche ou d'un boulet de canon
(*dût-il venir de Russie*). Nul, nous le répétons, n'oppo-
serait à de tels conseils, ou à un semblable régime, un
plus invincible dédain, ou une résistance plus déses-
pérée que nous-mêmes.

La Force que nous invoquons, la Force, providentiellement déposée dans les mains du *Soldat*, et qu'i-
gnorent et méconnaissent ceux qui l'invoquent comme
ceux qui la craignent, ceux qui l'appellent comme ceux
qui la redoutent, — n'est pas la Force qui écrase,
mais la Force qui affermit. Non la Force qui renverse
et détruit, mais la Force qui soutient et édifie. Non la
Force qui agite et disperse, mais la Force qui contient

et réunit. Non la Force qui est un *Fait*, mais la Force qui est un *Principe*.

Il y a à Florence, sur la place du Grand-Duc, aux deux côtés de la porte du Palazzo Vecchio, deux marbres immortels dont l'un est du divin Michel-Ange.

Tous deux représentent LA FORCE, et sont de magnifiques et frappants exemples de la distinction que nous venons d'établir et que nous tenons à constater.

L'un, qui représente le combat d'Hercule et de Cacus, nous montre la Force matérielle dans toute sa puissance. — Le front est bas et déprimé, le regard abaissé vers son adversaire terrassé, les muscles tendus et saillants. — Dans le vainqueur et le vaincu, l'effort est le même, l'expression pareille, le caractère identique. C'est bien la Force triomphante et la Force vaincue. — Mais toujours la Force brutale et matérielle.

L'autre, celui de gauche, David qui va affronter le géant Philistin, dans la vallée de Térébinthe.

Le front est élevé, le regard assuré, l'attitude simple, calme, reposée. C'est la Force dans sa plus haute, sa plus noble et sa plus sublime expression. — Pleine de confiance, de grandeur, de simplicité, de mansuétude et de sérénité.

La Force brutale, la Force qui détruit, la Force qui écrase, la Force qui disperse, la Force enfin qui est un fait, — c'est l'Hercule de Bandinelli.

La Force qui soutient, la Force qui édifie, la Force qui contient, la Force qui est un Principe, — l'Armée, — c'est le David de Michel-Ange.

Aussi, celui qui écrit ces lignes a-t-il vu souvent, sans surprise, des groupes de touristes désœuvrés, ou des voyageurs *amis des arts,* passer sans s'arrêter devant ce marbre puissant et simple, ou s'y arrêter pour en rire. — Ils restaient frappés d'admiration devant l'Hercule. — Le vulgaire prend si volontiers la violence pour la Force, et l'audace pour le courage. — Mais ils se demandaient, aveugles et ingrats envers le génie du divin artiste, ce que faisait là, en regard d'une si belle œuvre, ce marbre sans caractère, cette statue insignifiante, ce type grossier, ce paysan vulgaire. Et en effet, ce pâtre élu, ce guerrier biblique, comme le soldat de nos jours, n'est pas autre chose : C'était hier un obscur berger, — mais ce berger est aujourd'hui suscité pour délivrer Israël.

« Alors Samuel dit à Isaï : Sont-ce là tous vos enfants ?

» Et Isaï lui répondit ; Il en reste encore un petit,

» qui garde les brebis.

» Envoyez-le quérir, dit Samuel.

» Et le Seigneur lui dit : *C'est celui-là que j'ai choisi.*

» Et depuis ce temps, *l'Esprit du Seigneur fut tou-*
» *jours avec David.* (1) »

Ce qui arrête les yeux du vulgaire, ce qui attire son attention vers l'armée, ce qui la lui fait invoquer comme le dernier recours, et le plus sûr appui de la société en péril, c'est la Force matérielle dont elle dispose, et la forme extérieure qui frappe les regards. — Mais les choses visibles ne sont que le reflet, la conséquence, le dessous, l'envers des choses invisibles. — Ce sont des choses qui ne se voient pas, des forces latentes, la Force centrifuge et la pesanteur, qui soutiennent le monde visible. — Ainsi de l'armée. — Et c'est pour cela, et non pour sa force visible, que vous faites bien de vous y confier. C'est par la force, qui est son principe, — non par la force qui est son fait qu'elle nous sauvera. — C'est par lui qu'elle découragera tous les efforts, épuisera toutes les violences, résistera à toutes les secousses, survivra à tous les désastres.

Mais d'où lui vient cette force, et à nous cette sécurité? Le voici :

(1) LIVRE DES ROIS, Chap. XVI.

Le plus énergique dissolvant de toute société, comme de toute famille, c'est l'intérêt. C'est en faisant luire aux yeux des masses égarées et déçues, l'espoir trompeur d'une impossible félicité, qu'on les lance et qu'on les précipite dans la carrière des révolutions. — C'est à l'aide de cet appât grossier qu'on pense agir sur la force conservatrice qui protège encore la France contre le flot grondant, et toujours grossi des intérêts souffrants, et des convoitises ameutées.

Or, je vous le dis, l'obstacle est plus immobile, plus résistant, plus impénétrable, que le flot n'est puissant, que le dissolvant n'est énergique.

La raison en est simple, et je vais vous la donner. Je vous l'ai donnée déjà quand je vous ai dit que l'armée était fondée sur la seule base de toute œuvre durable ici-bas, de tout puissant ou sublime effort: — Le sacrifice.

C'est aux idées contemporaines de son origine, et qui se sont traditionnellement perpétuées, sans altération et sans mélange, dans les armées permanentes de l'Occident, que la France a dû d'échapper depuis un demi siècle, à toutes les tempêtes qui l'ont assaillie de tous les points de l'horizon.

C'est l'esprit de sacrifice qui la pénètre et qui l'anime, l'esprit de renoncement et d'abnégation qui la dirige et qui la meut, et non la longueur de ses lances, la justesse de son tir, ou le poids de ses boulets, qui vous protègent et qui vous sauvent; qui vous protègeront et qui vous sauveront.

L'intérêt n'a jamais rien sauvé, hélas! et il a souvent tout perdu. C'est parce que l'armée, dans son esprit, lui est étrangère, lui est supérieure, que vous pouvez aller en paix à vos affaires ou à vos plaisirs, et trouver encore, en présence de la démagogie frémissante et des passions contenues, quelques jours de calme et quelques nuits de repos, sur le bord de l'abîme qui reste ouvert pour vous engloutir.

Que cette assertion fasse sourire les esprits forts de la politique, les hommes à idées pratiques, et, comme on dit, *entendant les affaires*; les hommes qui disent que « Dieu est pour les gros bataillons, » je le crois et j'y compte. Le sacrifice d'ailleurs ne serait pas complet, s'il n'était pas méconnu.

Si, du reste, le témoignage du rationalisme en faveur de l'armée était nécessaire, nous le trouverions dans les dernières lignes d'un chapitre récemment publié par M. Thiers.

« La gloire de l'armée française, dit-il, pouvait se
» passer de ces pompes frivoles. L'histoire dira, que
» tout le monde en France, de 1789 à 1815, mêla des
» fautes à ses services : tout le monde, excepté l'armée,
» qui dans nos grandeurs et dans nos chutes, n'eut
» jamais d'autre part que son héroïsme.

» Car tandis qu'on égorgeait en 1793 des victimes
» innocentes, elle défendait le sol. Tandis que Napo-
» léon, en 1808 et 1809, violait les règles de la pru-
» dence, elle se bornait à combattre; et toujours, sous
» tous les gouvernements, elle ne savait que se dévouer
» et mourir, pour l'existence et la grandeur de la
» Patrie. » (1)

(1) Hist. du Consulat et de l'Empire. Tome 8, pag. 322.

IX.

La parenté par le sacrifice est-elle assez évidente, entre la Croix et le Drapeau, entre le Prêtre et le Soldat, entre la Caserne et le Couvent, entre le Camp et le Monastère?

Mais cette fraternité, par le sacrifice, s'exerce tous les jours sous vos yeux, sans attirer votre attention, sans émousser le sarcasme, sans désarmer l'hostilité.

Partout où un désastre fait des victimes, partout où un incendie amoncelle des ruines, où une inondation étend ses ravages, où un fléau contagieux répand le deuil, et sème l'effroi, les premiers arrivés, calmes, simples, résignés, sont le Prêtre et le Soldat. — Et naguère vous l'avez vue encore, cette fraternité par le sacrifice, en présence de la guerre sociale qui demandait à la patrie pour échapper à la mort, l'élan du dévouement suprême, et le sang du sacrifice; vous l'avez vue se résumer dans leurs victimes et se personnifier dans leurs chefs.

Mais si vous voulez la voir sous un autre aspect, passez, si vous m'en croyez, passez tous les jours, à neuf heures du matin, ou à quatre heures de relevée, aux heures de la soupe du soldat, devant l'entrée d'un de ces couvents militaires, d'un de ces camps baraqués, d'où le soldat veille sur votre repos et sur vos fortunes, lui qui n'a pas de fortune à garder, et qui vous sacrifie son repos; et vous y verrez s'exercer dans toute sa touchante naïveté, dans toute sa fraternelle et attendrissante simplicité, la charité la plus ingénue et la plus primitive.

Les monastères du moyen-âge avaient la charge volontaire et conservatrice du soulagement des maux que la misère enfante, dans la circonscription soumise à l'autorité de leur croix abbatiale.

Des distributions quotidiennes d'aliments, de remèdes, de consolations et de secours, réunissaient à la porte de leurs cloîtres tous les malheureux, tous les malades, tous les pauvres, tous les déshérités de ce monde.

Cet héritage des cloîtres, les casernes l'ont accepté; cette succession du moine, le soldat l'a revendiquée : Et tous les jours, vous verrez ces hommes simples et bons, sortir, le sourire sur le front, une gamelle de fer-blanc à la main ; et la distribution du moyen-âge, continuer deux fois par jour, sans que vous vous en doutiez, sur cent points différents de la ville distraite. Vous verrez les docteurs donner des conseils aux malades et alléger des douleurs qui échappent à la philanthropie municipale. Vous verrez les cantinières, ces sœurs de charité des camps, se mêler à la foule qui se presse autour de la guérite, donner des soins aux femmes, laver les enfants, et répandre en souriant sur cette foule de déshérités, des secours intelligents, et des paroles de consolation.

« Dieu aime ceux qui donnent gaîment », dit Saint-Paul. Allez-y donc, allez-y, vous dis-je, et vous entendrez là des mots inconnus, dont le peuple et le soldat ont seuls la clef, dont la charité seule a le secret. Vous y entendrez au milieu de leur repas en plein air, égayé souvent par un orgue des rues, vous y entendrez le rire de ces malheureux, provoqué par quelque lazzi de caserne destiné à dissimuler l'aumône. Et vous quitterez cette scène, égayé, pensif, attendri, hésitant entre le rire et les larmes ; ou plutôt, charmé, soulagé, l'esprit rassuré, le cœur détendu, et le visage épanoui de ce *sourire mouillé* dont parle Homère.

Mais n'allez pas croire, toutefois, que je veuille évaluer le mérite du soldat, et le résultat de son action, d'après l'importance de ces faits journaliers et sans cesse renouvelés que je me suis laissé aller à vous indiquer en passant. — A Dieu ne plaise que ces preuves de l'esprit qui anime l'armée, à tous les degrés de sa hiérarchie, qui la pénètre et qui la suit partout, soient données par moi, pour plus importantes qu'elles ne sont.

Sans doute, c'est là fort peu de chose, et cet effet mériterait à peine d'être compté, si les relations quotidiennes, entre le peuple et le soldat se bornaient là, et n'avaient de résultat que celui qu'on voit, et d'avantage, que celui, déjà appréciable pourtant, de plusieurs milliers de malheureux, nourris, soutenus et adoptés par lui ; de quelques milliers de besoins, soustraits à la masse énorme des exigences non satisfaites.

Sans doute, et je le dirai comme vous, c'est là fort peu de chose. Et des associations philanthropiques bien dirigées, sous la surveillance de l'autorité municipale, en pourraient peut-être faire autant. Mais ce qui n'est pas peu de chose et ce que ne peuvent pas faire les municipalités ; ce qui, sans que vous le soupçonniez, pèse d'un poids énorme en votre faveur, ô philanthropes, le voici :

Le soldat fait voir au pauvre qu'on peut avoir, même dans la plus extrême pauvreté (1), le plus grand, le plus élevé, le plus noble, le plus royal de tous les plaisirs de la richesse, qui est de donner. Mais en outre, il donne au pauvre bien plus que la soupe dont il le nourrit ; bien plus que le pain dont il se prive, et dont il le soutient, et que vous pourriez donner comme lui. Il donne ce que vous ne pouvez pas donner ; ce que les bureaux de bienfaisance ne peuvent pas donner ; ce que lui seul peut donner ; lui seul et le curé de nos campagnes. Il lui donne la preuve et l'exemple de la générosité dans l'indigence ; du contentement dans

(1) L'entretien de l'homme de troupe, nourriture, habillement, armement, guérison, solde, équipement, le *prix de revient* du soldat, pour parler la langue des gens qui *entendent les affaires*, est de 388 fr. 83 c., soit 1 fr. 05 c. par jour. Il n'y a pas d'homme en France, pas d'enfant qui coûte moins.

la pauvreté; de la dignité dans l'obéissance; de la joie dans le sacrifice.

Je vous ai dit que les casernes avaient accepté l'héritage des cloîtres : que cette succession du moine, le soldat l'a revendiquée. Le moine, que vos chansonniers ont mis en vers burlesques, Le Capucin, que vos poètes académiques ont mis en épîtres légères (1), le Capucin enseignait au peuple, avant que vous le lui ayez rendu odieux, il enseignait au peuple par sa seule présence, par le calme de son maintien, la douceur et la gravité de sa parole, la paix de sa démarche, et la sérénité de son visage, qu'on peut être calme et heureux dans l'obéissance, doux et satisfait dans la pauvreté.

Il enseignait, ô académiciens, il enseignait en mar-

(1) Un académicien du nom de Viennet, qui a été *Pair de France*, et qui est membre de l'*Académie française*, a publié dans ses œuvres *académiques*, l'épitre au Capucin, qui débute ainsi :

Capucin *effronté*, dont la triste figure
Et la barbe *crasseuse*, et le manteau de bure,
Sont donnés en spectacle à nos regards surpris,
Quels méchants ou quels sots, t'ont lancé dans Paris ?
Es-tu le précurseur de cette *vile espèce*
Qu'avec le fanatisme engendra la paresse?
Etc., etc., etc.

chant pieds nus, la patience au malheureux dépourvu de chaussures. Il enseignait la résignation au mendiant déshérité, en mendiant comme lui. Il lui enseignait la fraternité, en partageant avec lui les aumônes de la veille. Il lui enseignait qu'on peut porter la tête haute et le cœur libre, avec une besace sur l'épaule et une corde autour des reins.

C'est le soldat, aujourd'hui, qui se charge d'enseigner tout cela, et qui a hérité des obligations volontaires qu'avait contractées envers le peuple cet institut cénobitique, qui a été l'une des plus grandes gloires, et peut-être la plus grande perte de la patrie. — Le soldat enseigne l'*Ordre* à tous, par son seul aspect, par sa seule présence, par la sérénité de son visage, la liberté de sa démarche, le montant de sa parole, et la gaîté de ses allures.

Or, il y a par jour cinquante mille exemples comme celui-là, donnés à votre bénéfice dans Paris. Autour des quartiers, autour des camps, autour des postes. Partout où dix soldats sont réunis, cet exemple fraternel, contagieux et salutaire, y arrive avec eux. Il y reste, il y germe, il y fructifie après qu'ils en sont partis. Cet exemple collectif, répété, quotidien, fait contre-poids, croyez-le bien, et un contre-poids énorme à tout ce qui nous mine et nous entraîne. Au mal qui nous ronge, et que tout le monde voit, signale et combat.

Le soldat donne au peuple, je vous le répète, la preuve et l'exemple du contentement dans la pauvreté, de la générosité dans l'indigence, de la dignité dans l'obéissance, de la joie dans le sacrifice. Connaissez-vous un plus sûr remède, à l'égoïsme dans la richesse, à la faiblesse dans l'autorité, à l'insubordination dans la hiérarchie, au murmure dans le devoir ? Pour moi je n'en connais pas.

Voilà les services que le soldat vous rend à votre insu, que lui seul peut vous rendre, et qui me donnent le droit de vous dire, et peut-être de vous apprendre, qu'il n'est pas la force qui détruit, mais la force qui soutient : Non la force qui renverse et qui écrase, mais celle qui consolide et qui édifie; Non la force qui disperse, mais celle qui contient; Non la force enfin qui est un *fait,* mais la force qui est un *principe.*

Or, ce principe providentiellement déposé en lui pour la conservation de la société française, il suffit d'une attention un peu soutenue pour retrouver sa trace et suivre son action, constante, efficace, manifeste et persévérante, dans toutes les circonstances où l'homme armé a été appelé à intervenir dans ce but.

Mais dans les situations particulières, éventuelles, fortuites, où le soldat, même isolé, se trouve placé, une observation attentive et une étude un peu suivie suffisent à retrouver le même principe, agissant en lui et par lui, souvent à son insu, l'élevant au-dessus des autres et de lui-même, et reproduisant dans l'individu les effets observés dans le nombre, et constatés dans les armées.

Il y a là évidemment un mystère peu étudié jusqu'ici et qui sollicite l'attention, autant qu'aucun de ceux que la science recherche, et qu'elle poursuit avec tant d'ardeur, à travers les ténèbres des réalités, et les obscurités du monde physique.

X.

Un homme, arrivé à l'âge où la liberté commence
pour lui, un citoyen comme vous, libre comme vous,
enfant de la même patrie, protégé par les mêmes lois,
est enlevé à sa famille, soustrait à la protection de ces
lois, associé à des inconnus, acheminés là, comme lui,
de tous les points de la France. Il ne s'appartient plus.
Sa vie passée, on n'en tient aucun compte; du toit
qu'il quitte, et de la famille qu'il abandonne, il est
seul à s'en souvenir. Grossièrement vêtu, simplement
nourri, l'obéissance qu'on exige de lui est absolue,
complète, illimitée. Non-seulement ses actions, mais
sa vie elle-même est suspendue à la parole, au fronce-

ment de sourcil d'un chef qui n'en doit compte qu'à
Dieu, et qui a charge d'âmes, aussi : Cet homme cependant est visiblement heureux dans cette pauvreté ;
digne, dans cet esclavage qui serait abject et dégradant,
s'il n'était sublime. Y avez-vous jamais réfléchi? A qui
voudriez-vous donc persuader que c'est ce vêtement
grossier dont on l'a revêtu, qui a opéré ce prodige?
Non, croyez-le, non, là n'est pas le mystère de cette
transformation, qui vous ravirait d'étonnement, si vous
ne la voyiez pas quatre-vingt mille fois par an. Cet
homme a été conquis par la fraternité. Cet esprit ré-
belle a été dompté par le bon exemple, atteint de
la contagion du bien, assoupli par l'esprit d'obéissance
et de pauvreté, — Il s'est passé quelque chose en lui
à son insu. Il sait qu'à partir de ce moment solennel
dans sa vie, il est appelé à une action continue dont
les avantages sont réservés à la société, dont le bénéfice est pour autrui. — Il a été enfin transfiguré par
le sacrifice, et consacré par l'épée, et le voilà. — C'est
un soldat. — Hier c'était un laboureur, un vigneron, un
berger; aujourd'hui c'est un soldat: Et il s'en ira sur un
signe du doigt de son chef, il s'en ira sans un murmure, sans un regret, mourir satisfait, au coin d'un
bois, peut-être au coin d'une borne, pour vous qui
trouvez cela tout simple.

5

Qu'on nous pardonne un rapprochement trivial, en parlant de choses si hautes, mais qui se présente naturellement à la pensée. On a dit que l'habit ne fait pas le moine; croyez aussi que ce n'est pas lui qui fait le soldat: et qu'il y a là quelque chose qui vous échappe et qui vaut la peine que vous y réfléchissiez.

Laissez-le vivre, cet homme, quelques mois, quelques jours même, dans ce milieu salubre et tonique dont vous ignorez la puissance, et le principe, agissant, l'animera d'un esprit nouveau, le pénétrera d'une force inconnue, qui, manifestée dans ses effets, mais inexplorée dans sa cause, a pris le nom d'*esprit militaire*.

Cet esprit militaire, que je ne saurais mieux comparer qu'à l'esprit monastique et qui n'a rien de commun avec l'esprit guerrier ou l'ardeur belliqueuse, est propre aux peuples forts, aux armées disciplinées, aguerries, redoutables, invincibles.

L'esprit militaire est aussi calme, aussi confiant, aussi doux, aussi patient, que l'esprit guerrier est ardent, tumultueux, défiant, agressif, et variable.

L'esprit militaire décide les campagnes, assure les succès durables, et fixe les résultats. — Il se fortifie et s'accroît dans les revers, et les atténue; il y grandit et les répare.

Il est silencieux;

L'esprit guerrier précipite les évènements, risque les opérations, compromet les succès, hasarde les batailles, et perd les empires; Il change la retraite en déroute, et l'échec en désastre;

Il est bruyant, soupçonneux, crie à la trahison, et conduit à la révolte.

L'esprit militaire est le produit d'institutions fortes, longtemps respectées et obéies. L'esprit guerrier, qui n'est que la turbulence d'une nation surexcitée, vient à la suite des luttes ardentes de la Cité, des agitations du Forum, et des excès de la parole. Il s'empare des natures les plus impressionnables, les électrise et les pousse sous l'étendard, où la vie agitée des camps donne un aliment passager à cette fièvre ardente, qui mettrait en péril le salut et l'existence de la société, si l'esprit militaire ne venait à court délai, en diminuer, en régler, en utiliser les accès.

Mais alors, combinés dans une armée, où ils se pondèrent et s'harmonisent, ils forment dans la main d'un de ces hommes de guerre providentiels, comme notre histoire en compte plus qu'aucune autre, le levier puissant et irrésistible à l'aide duquel il ébranle, agite et renverse les empires dont l'heure a sonné, et les peuples dont les temps sont accomplis.

XI.

La Révolution française avait produit l'esprit guerrier, ou plutôt réveillé la turbulence belliqueuse, naturelle aux Celtes Gaulois. Nulle époque, dans notre histoire, n'avait jamais vu surexcitée à un plus haut degré, cette ardeur tumultueuse, cette force incompressible, qui résulte d'une parole ardente s'adressant à ce qu'il y a de plus aveugle et de plus indomptable chez l'homme. Les résultats ne s'en étaient pas fait attendre: et c'en était fait des destinées de la France, si l'esprit militaire ne fût venu, produit par une cause que nous allons dire, équilibrer, régler, modifier, condenser le premier, et transformer des bandes ardentes et indisciplinées, en une armée dont la gloire est immortelle, et dont le souvenir ne périra pas.

Les crises politiques prolongées, les transformations sociales, toujours laborieuses, entraînent à leur suite une inquiétude générale, une sorte d'appréhension vague et indéterminée, et de crainte instinctive, qui affecte douloureusement les esprits d'une époque, à des degrés différents, sans doute, mais dont tous sont atteints.

Chacun sent le sol tremblant sous ses pieds : tout abri chancelant, tout présent incertain, tout avenir chanceux. Cette incertitude et cette crainte, pour peu qu'elles se prolongent, produisent toujours et infailliblement, un phénomène identique, à toutes les époques où elles se renouvellent. C'est un désir général, universel, contagieux en quelque sorte, de se soustraire à l'influence des affaires temporelles, aux inconvénients et aux périls résultant de la lutte des principes opposés qui aspirent à prévaloir, et de se refugier sous une règle exceptionnelle et austère sans doute, mais fixe, invariable, assurée, protectrice.

C'est là un phénomène historique général, d'une vérification facile, et qui nous montrera toujours les ordres monastiques reprenant faveur, au moment et à la suite des grandes secousses politiques; et tirant leur principal accroissement de l'agitation du siècle, et de l'abri qu'ils offrent à tous les esprits lassés, inquiets, et désabusés de ces agitations stériles et de ces luttes désespérées.

L'histoire des ordres religieux du XIᵉ au XIVᵉ siècle, qui ne serait autre chose que l'envers de l'histoire temporelle synchronique, nous montrerait à la fois, observée sous ce double aspect, la cause et l'effet, de la façon la plus irréfutable et la plus saisissante.

L'entraînement était général, et facile à comprendre. C'était celui de naufragés longtemps ballotés par une mer furieuse, vers l'île agreste et sauvage, vers le rocher abrupte et escarpé, qui les sauve de la vague et les soustrait à l'abîme.

Le même phénomène se reproduisit en 1792, modifié par les circonstances, et jeta dans les armées tous ceux qu'effrayait la tempête : tous ceux qui, saisis d'horreur et de dégoût, ne trouvaient d'autre moyen de se soustraire au spectacle douloureux et terrible qu'ils avaient sous les yeux, à l'agitation, à l'incertitude, aux passions et aux crimes de ce temps, que de se refugier sous la règle austère, pénible et périlleuse, mais protectrice et assurée des armées.

Un décret révolutionnaire avait dispersé les ordres monastiques; l'armée hérita de tous ceux qui s'y seraient refugiés. — On ne pouvait entrer *en religion*, on entrait *au service*. — Ici ou là, c'était faire, alors, vœu d'obéissance et de pauvreté, se vouer au sacrifice. Et, pour en citer un exemple connu et glorieux, dans la plus pure et la plus intacte des personnifications qui aient survécu à ces temps difficiles, le général de division Comte Drouot, n'est-il pas le type le mieux caractérisé de ces moines armés qui, trouvant fermée la porte du cloître, allèrent du même pas, frapper à la porte de la caserne, prenant l'uniforme comme ils eussent revêtu le froc, et portant l'épée comme ils eussent porté la croix? Il fut Comte de l'Empire comme il eût été Prince de l'Église; il commanda et gouverna ce terrible et foudroyant monastère, ce couvent ambulant qui s'appelait l'Artillerie à pied de la Garde Impériale, comme il eût gouverné des Chartreux : avec le même calme, la même douceur, la même justice paternelle : avec la même fermeté inflexible, et la même rigide austérité; Il fut Général de division comme il eût été Général de la Compagnie de Jésus, ou Provincial de Dominicains.

Après les agitations terribles, les luttes passionnées de 1848, — deux représentants du peuple, deux seuls, pénétrés, sans doute, avant les autres (1) de la stérile impuissance de la discussion politique, mis en demeure d'opter entre le séjour à l'Assemblée et le retour au Cloître ou au Régiment, donnèrent leur démission l'un et l'autre, pour aller faire leur *service*. Un représentant des Bouches-du-Rhône, et un représentant du Lot. Le R. P. Lacordaire. — Et le colonel Joachim Ambert. — Un moine et un dragon.

(1) D'autres démissions sont venues, depuis, confirmer nos assertions, savoir, celles de M. le général de division, Vicomte de Lahitte, M. le général de division Magnan, M. le général de brigade Tartas.

XII.

L'empereur Napoléon disait à son retour de Russie, lors de la conspiration Mallet, au Sénat rassemblé : « Messieurs les Sénateurs, la mort la plus glorieuse » serait celle du soldat sur le champ de bataille, si la » mort du magistrat, mourant pour les lois de son » pays, n'était plus glorieuse encore. »

Combien de soldats, depuis vingt ans, de ces soldats qui passent, et dont vous riez, sont morts en France de la mort du magistrat, pour les lois de leur pays, et ont réuni sur leur tête obscure ces deux gloires rivales, que l'empereur Napoléon proposait comme but, à la plus haute ambition du Sénat de son Empire ?

Pensez-y donc, réfléchissez-y, vous qui pensez à tant

5 *

de choses; car un si grand effet ne saurait résulter d'une petite cause.

Cet homme ainsi transfiguré, ainsi consacré, la société peut le prendre et s'en servir, l'exposer à tous les périls, le soumettre à toutes les épreuves; soyez sans crainte et n'ayez aucun doute, hommes de peu de foi; le principe prévaudra en lui, à son insu peut-être, mais il prévaudra. Il a reçu son ordination, laissez-le aller. Cet homme hier faible, ignorant, incertain, chancelant, marchera aujourd'hui d'un pas ferme, assuré, résolu, sans hésitation et sans faiblesse, dans la voie providentielle qu'il est appelé à parcourir.

Les exemples se compteraient par milliers, et les preuves surabondent.

Lorsqu'il y a deux ans à peine, le choléra désolait les villes et effrayait les campagnes; quand des municipalités entières ployaient sous le fardeau ou quittaient leur poste; quand il ne restait plus, dans quelques endroits, que le prêtre pour assister les mourants : Où chercher, pour les envoyer dans les localités abandonnées, parmi des populations défaillantes, où chercher des hommes, sur lesquels la contagion eut peu de prise, qui ne fussent ni guidés par l'intérêt, ni arrêtés par la crainte? — On les demanda aux garnisons voisines: et les hommes *de bonne volonté* se présentèrent en foule; à Metz, à Amiens, à Bone, à Nancy, à Strasbourg, à Oran, à Lunéville, dans les garnisons du Nord et du Centre, de l'Est ou du Midi, de l'Afrique ou de l'intérieur, on en eut à refuser par centaines, qui se proposaient simplement, qui partaient sans bruit, ou qui restaient sans murmurer.

Ces hommes, pendant des mois entiers, au milieu du trouble général et de la défaillance universelle, associés au Prêtre dans le sacrifice volontaire, firent auprès de lui l'office de sonneurs, de sacristains, de fossoyeurs : ensevelissant, portant et inhumant les pauvres, hélas, et quelques riches, que la peur laissait mourir sans autre secours auprès d'eux, sans autre ami à leur chevet, que ces soldats qui se substituaient ainsi dans le plus triste, le plus périlleux, et le plus désintéressé des offices, aux ordres dispersés des Frères de la Miséricorde, ou de Saint-Jean-de-Dieu : Ou à ces *Frères de l'Epée*, disparus depuis 1190 (1) et dont l'esprit a survécu, persistant, vivace et immortel, dans ces soldats obscurs et ignorés, qui n'en savent rien eux-mêmes, et y obéissent à leur insu.

Voulez-vous des faits isolés, où l'homme étant abandonné à lui-même, sans le soutien de l'esprit de corps,

_____

(1) Par leur réunion aux chevaliers teutoniques.

sans l'appui de la discipline, sans l'encouragement de l'exemple, on reconnait d'autant mieux la force, la nécessité, l'efficace activité du principe, que les faits ne sauraient avoir d'autre cause, ni d'autre explication que celle que je vous donne. — Ouvrez la *Presse* du 13 novembre 1846, vous y lirez ceci :

« Qui n'a lu avec attendrissement les récits naïfs » empruntés aux journaux d'Afrique, faits par quel- » ques soldats échappés du camp d'Abd-el-Kader ? Ils » ont été soumis à toutes les épreuves humaines, et » les ont supportées avec un courage qui suffirait à la » gloire d'un héros....

» Il y en eut un, pauvre soldat du train, qui tombé » dans une tribu fanatique, fut garrotté et conduit à la » mort. Arrivé au lieu du supplice, les Arabes lui ac- » cordent la vie s'il renie sa religion : le soldat refuse. » Précipité dans un ravin, blessé, il parvint miracu- » leusement à se sauver.

» Ce soldat ne savait pas sans doute qu'il était un » martyr et un saint. Jamais sans doute, à son escadron, » il n'avait ni jeûné, ni prié. Mais ce pauvre paysan » captif et condamné à mort, fut à cette heure suprême » inspiré par quelque souvenir d'enfance. — Alors dans » cette lutte entre la civilisation et la barbarie, entre le » Christianisme et l'Islamisme, entre la Croix et le

« Croissant, lutte qui n'avait d'issue que la mort, et de
« témoin que le désert, le paysan français, armé de sa
» seule puissance morale, ne recula pas devant la force
» matérielle. — On ne connaît pas le nom de cet homme;
» rentré au corps, puis au village, sans se douter que
» nous avons des historiens et des sculpteurs pour
» perpétuer les grandes choses. »

Ce simple récit, et les réflexions qui l'accompagnent,
emprunté à une feuille qui a cinq ans de date, et dont
les tendances anti-militaires étaient dès ce temps-là
prononcées et actives, vient trop clairement à l'appui
de nos assertions pour qu'il soit nécessaire d'y rien
ajouter.

L'étroite affinité du Soldat et du Prêtre, l'identité du
principe, si manifeste en toute circonstance et qui les
rapproche toujours, se fait donc sentir et reconnaître
dans l'homme isolé, comme dans les corps réunis,
dans le soldat, comme dans la troupe.

Le soldat le sait si bien, et ce qui vaut mieux que de
le savoir, le sent et le devine avec une pénétration si
sûre et si infaillible, que tous les ans, vers la mi-octo-
bre, au moment de la libération, la preuve s'en renou-
velle et s'en multiplie sur tous les points du territoire,
pour qui sait la voir, et en dégager la cause.

A l'époque de la libération annuelle, quand toutes les

routes, tous les chemins, tous les sentiers de la France
sont couverts de soldats, voyageant isolément, le sac
au dos, le bâton à la main, et regagnant leur village :
Quand les uns quittent le Nord pour aller au Midi;
quand d'autres, rentrant d'Afrique, affaiblis par la
guerre, ou abattus par la fièvre, ont à traverser le territoire : Si la maladie ou le dénument suspend leur marche, ou interrompt leur voyage : Forcé de s'arrêter, si
l'un de ces hommes, pauvre et malade, a besoin d'un
aide, d'un secours, d'un asile : s'il est loin d'un hôpital
ou d'une garnison, seul, étranger, souffrant, suivez-le, et
voyez ce qu'il fait. Il ne va pas chez le maire, il ne va
pas chez l'adjoint, ni chez le notaire, ni chez le juge-
de-paix, qui l'aideraient sans doute, et dont la bienfaisance ne lui ferait pas défaut; il ne va pas enfin, re-
poser sa faiblesse ou abriter sa maladie, chez les riches
de l'endroit, ou les importants du lieu; il s'en va tout
droit, sans hésitation et sans honte, comme sans exception, il s'en va droit à la demeure du plus pauvre
et du plus obscur : droit chez son frère le Curé, sûr
d'y trouver à toute heure et pour tous, mais surtout
pour lui, une porte toujours ouverte, et un foyer toujours ami.

Qui lui a dit cela, à cet homme? qui donne l'éveil au
sentiment qui le conduit, à l'impulsion qui le guide

ainsi, et toujours, et partout? Qui le fait choisir avec tant de sûreté, discerner avec une délicatesse si exquise et dont il ne se rend pas compte, qui lui fait préférer, enfin la fraternité de la compassion au secours de la bienfaisance, le partage au don, la charité à la philanthropie?

Et si le Curé n'est pas là, il ne se rabattra pas pour cela ni chez le commandant de la garde nationale, ni chez le commerçant, ni chez le docteur. — Il s'en va chez le laboureur, chez le paysan, où on se serrera pour lui faire une place, à la table ou au foyer. — Car là encore, c'est le partage, ce n'est pas le don. — Il sait que le laboureur est fils ou père de soldat. Il sait, il devine encore, que la main qui laboure est toujours tendue, toujours ouverte à la main qui combat: que le soc qui cultive la terre de la patrie, est de même métal que l'arme qui la défend: Et que le fer de faulx, le fer de bêche, ou le fer de charrue, est aussi bien trempé, aussi noble, et aussi brillant que le fer de lance.

XIII.

L'un de ces jours passés, un soldat sortait, sa gamelle à la main, d'un camp baraqué de l'île Saint-
Louis. Il cherchait des yeux dans cette foule, de pauvres assemblés, une infortune connue, sans doute, et
qui ne répondait pas à l'appel: et ne trouvant pas là
celui qu'il cherchait, il s'achemina vers une rue qui
mène à Notre-Dame.

Celui qui écrit ces lignes suivit le soldat.

Au détour de la rue, il rencontra un enfant de douze
ou treize ans, qui marchait à l'aide d'une béquille.

« Petit, lui dit-il, je t'avais fait dire de revenir ce
matin pour manger la soupe. »

— « On ne m'a rien dit, répond l'enfant, mais *j'y allais*. » Juste la fameuse réponse de La Fontaine, à madame de La Sablière, qu'elle a suffi à illustrer depuis cent soixante ans.

L'enfant mangea sa soupe, appuyé sur la borne, pendant que le soldat tenait sa béquille, et y faisait, avec son couteau, quelque réparation. La soupe finie, ils se séparèrent, presque sans mot dire: Un signe qui voulait dire, « à ce soir ». Le soldat descendit pour laver sa gamelle à un abreuvoir du quai, puis il rentra au camp en fredonnant le chant monotone du village.

Et vous croyez que les sociétés secrètes, quel que soit leur nom, et quel que soit leur but, trouveront là le débit de leurs pauvretés, et des mille honteuses niaiseries, dont elles égarent et pervertissent les ouvriers des villes, chez qui on a répandu ce que vous appelez l'instruction. — Rassurez-vous, ces hommes qui n'ont eu d'autre maître que le curé de leur village, ces hommes dont beaucoup ne savent pas lire, sont à l'abri de ce piège grossier. — Ces hommes dont la crédulité vous égaie au théâtre, ou dans des romans populaires, ces hommes, et voilà ce qui nous sauve, manquent de l'intelligence, c'est-à-dire de l'orgueil nécessaire à l'acceptation de ces théories niaises et perverses, subver-

sives et ridicules. — Ce laboureur que vous ignorez, ce
vigneron dont la signification vous échappe, ce berger
que vous ne comprenez pas, y serait accessible comme
homme, qu'il y serait inaccessible et supérieur comme
soldat. Pour peu qu'il ait vécu, dans ce milieu salubre
et conservateur, de la vie d'*ordre*, de *hiérarchie*, d'o-
béissance et de *pauvreté*, au régime tonique et forti-
fiant de la discipline, fiez-vous au principe, il prévaudra, — et vous pourrez sans crainte, au sortir d'une
prédication, où on lui aura tout promis, demander le
sacrifice de sa vie, à cet homme qui n'a pas autre chose
à donner.

Je vous l'ai dit, fiez-vous au principe, il prévaudra.
Mais pour ne pas être trop exclusif, je ne veux pas
vous nier la funeste et périlleuse influence des sociétés
secrètes, les effets pernicieux et possibles de cet impur
voisinage. Je ne vous contesterai pas même, si vous y
tenez, la possibilité, la probabilité de quelques succès
d'embauchage, aux degrés inférieurs de la hiérarchie
régimentaire.

Eh bien, croyez-moi, et je parle en connaissance de
cause, cela même n'est pas à redouter, et ne servira,
soyez-en certains, qu'à faire ressortir davantage la salutaire et préservatrice influence de cette discipline dont

je vous dirai un mot tout-à-l'heure, et dont on parle plus qu'on ne la connaît.

Savez-vous quels seront ceux, s'il y en a, que pourront égarer des prédications insensées, dont l'influence vous effraie? Quels seront ceux qui, renégats de la religion du drapeau, pourront secouer les liens qui les y attachent, pour passer sous le joug oppressif et avilissant d'une obéissance aveugle, et d'un despotisme sans contrôle? Ce seront précisément ceux qu'on appelle *intelligents.* Les rebuts de vos populations urbaines, poussés sous les drapeaux par la justice paternelle, confiés à la tutélaire vigilance de l'autorité militaire, — sorte d'orthopédie morale, — par l'honneur alarmé des familles: enfants perdus et dépravés de la civilisation qui les rejette après les avoir corrompus; malheureux pourvus d'assez d'intelligence pour le mal, d'assez de lumières pour s'égarer; aventuriers toujours prêts à s'embarquer sur la foi du plus grossier présage, pour cet Eldorado du Socialisme, pour cette Californie abstraite et imaginaire : lamentable voyage dont le club est le point de départ, et le conseil de guerre le point d'arrivée.

Mais ces hommes-là ne sont pas à craindre, et il faut bien peu connaître le soldat, pour ignorer à quel point ils lui sont antipathiques. Ces hommes-là, sans influence, eussent-ils même une portion d'autorité, sont obéis, mais ne sont pas écoutés, et ne seraient pas suivis; ils ne pourront jamais ni agiter une troupe, ni détourner un soldat.

Mais cet homme simple dont l'aspect même vous fait sourire, dont la crédulité proverbiale défraie la verve des lithographes, et sert de texte à tous les lazzis d'antichambre; enlevé par la loi de recrutement aux travaux des champs, aux occupations de la ferme ou du vignoble, nature inculte et primitive, simple et bonne, généreuse et dévouée, du meilleur et du plus rare des dévouements, du dévouement qui s'ignore : nature saine et droite à laquelle s'est adaptée, dès le premier jour, la règle de la discipline sans qu'il eût à en souffrir; je vous l'ai dit, et vous pouvez m'en croire, la lumière de son ignorance lui suffit à éviter ce piège grossier.

Faut-il vous donner la raison supérieure, philosophique, primordiale, comme on dit en Sorbonne, de ce fait qui peut sembler une anomalie? C'est qu'il y a plus de joies réelles et senties, plus de contentements véritables et profonds, dans une privation consentie, dans un sacrifice volontaire, que dans les satisfactions sans bornes qu'on pourrait leur promettre.

C'est que l'empire de l'homme sur lui-même constitue une partie, la plus grande et la meilleure partie de sa liberté.

C'est enfin que ces bergers sont destinés à sauver la France, et qu'ils la sauveront, soyez-en surs.

Ici se présente une objection facile à prévoir, plus facile encore à résoudre.

Pourquoi l'armée si forte, si puissante, si conservatrice, a-t-elle, contrairement à l'esprit que nous lui prêtons, souffert l'avènement de deux révolutions, et l'expulsion de deux monarchies?

Voici pourquoi.

C'est tout simplement, que cela devait être ainsi.

C'est parce que l'armée ne saurait aider que ceux qui s'aident eux-mêmes. Parce que, quelque puissant, quelque fécond que soit le principe dont émane l'esprit qui l'anime, si l'anneau immédiatement supérieur de la chaîne qui les lie vient à faire défaut, la communication est interrompue, et l'action cesse : parce que vous ne comprenez pas plus une action sans principe supérieur, qu'une force sans moteur, qu'un effet sans cause : parce qu'enfin le trouble étant à la tête, les membres cessent d'agir, ou agissent confusément.

Les historiens des temps à venir, compulsant les documents, recherchant les dates, pour découvrir la vérité sur deux évènements qui semblent en dehors des prévisions de la prudence humaine, s'efforceront d'expliquer par des causes inconnues ces deux révolutions qui ont dans des circonstances presque identiques, brisé deux trônes et emporté deux dynasties. Ils y consacreront des pages, des chapitres, des volumes peutêtre. Le soldat, dans la concision de son langage pittoresque et expressif, l'explique en trois mots qui sont un proverbe de caserne, à l'usage du dernier trompette :

Ordre, Contr'ordre, — Désordre.

Mais cette discipline dont on parle tant, et dont vous craignez qu'on leur prêche le mépris, qu'on leur dévoile les abus, savez-vous ce qu'elle exige? Savez-vous ce que prescrit ce bréviaire des camps, qu'on lit et qu'on pratique, à toute heure de jour et de nuit, dans ces couvents militaires qu'on appelle des casernes?

Le Sacrifice. — Toujours le sacrifice, toujours l'abnégation, toujours la protection du faible, le recours de l'opprimé, le soin du malade.

Je l'ouvre au chapitre « *De la Discipline* », et je lis (chap. XXXII, art. 265) — intitulé — Fautes contre la discipline :

« Sont réputées fautes contre la discipline : 1° (primò!)
» Tout propos injurieux envers UN INFÉRIEUR. Toute
» punition injuste infligée à un subordonné. »

Ainsi ce n'est pas le chef, ce n'est pas le supérieur,

que protège d'abord, et avant tout, la discipline.—C'est l'inférieur, — c'est le faible, c'est le deshérité, — celui qui n'a pas d'appui, et auquel elle en donne un, dans la conscience de chacun, et dans le devoir de tous. — Toujours et partout le même principe.

L'Égalité. — Le soldat voit tous les jours, et fait mieux que le voir, il sent qu'elle consiste non à s'égaler aux plus grands, l'égalité selon les clubs, mais à se rapprocher des plus petits.

Il le voit par cette égalité dans le péril, qui sous l'étendard, unit le gentilhomme au paysan, le riche au pauvre : qui prouve au pauvre que le riche est mortel, au riche que le pauvre est utile ; il n'en poursuivra pas une autre.

C'est qu'encore une fois, *la Force* vient du *principe* et non du *fait.* — Et ce principe, que vous méconnaissez, dont le soldat subit la salutaire influence, et dont vous bénéficiez sans y croire, a pénétré au plus profond de la société française. C'est ce principe qui a rendu le soldat solidaire du prêtre, et la nation Française solidaire et participante de tous deux.

Contemporain de son origine, ce principe qui lui donne sa force d'expansion dans l'espace et dans le temps, ne cessera de la pousser en avant dans les voies de la Providence ; et c'est parce qu'elle est solidaire et participante du principe, et que ce principe n'a jamais été plus présent, plus vivace, plus actif, que je vous ai dit, que le salut est certain, et certain par le Prêtre et par le Soldat.

Il importe de s'en rendre compte. Car évidemment, le premier et le dernier mot d'une institution, son rôle et son application aux destinées d'une nation, sont renfermés dans les motifs qui l'ont créée, dans la cause qui a présidé à sa naissance.

XIV.

La destinée d'un peuple n'est autre chose que le développement séculaire de ces motifs; que l'expansion, dans le temps et dans l'espace, de cette cause première, quelquefois cachée, souvent obscure, mais toujours présente.

Et lorsqu'un grand fait se produit dans la vie de ce peuple, ce n'est qu'ainsi qu'il a sa raison d'être, sa *loi*. Il appartient à une série de faits analogues, concordants, homogènes, dont la continuité produit la loi, et donne le moyen de remonter jusqu'à la cause.

Sa force, sa durée, son action, sa faiblesse, ses défaillances et ses résurrections, tout cela est contenu

dans la cause qui l'a appelé à la vie, et qui la lui conserve, avec des alternatives et des vicissitudes, dont la
notion de cette cause nous dit infailliblement le secret.

Si l'institution se modifie en s'écartant du principe,
de la cause première d'où elle est issue, il y a quelque
chose d'infaillible et d'imminent : c'est la chute du
principe, et bientôt la chute de l'institution.

1830 et 1848 le démontrent surabondamment à ceux
qui ont besoin de preuves.

Or, cette loi de proportion des effets aux causes et
de l'expansion du principe dans les conséquences, veut
que jusqu'au dernier jour de la nationalité française,
elle vive, se conserve et se sauve par le Prêtre et par
le Soldat, car elle est née, en 496, suivant l'expression
d'un orateur célèbre, d'un *acte de foi, sur un champ de
bataille.*

Mais les nations comme les hommes, ne meurent
que par l'affaiblissement graduel, et la mort du principe
qui les a appelés à la vie.

Or le moment est bien choisi pour prédire la mort
au principe, qui n'a jamais été ni plus vivace, ni plus
actif, ni plus manifeste. — Le moment est bien choisi
pour prédire le divorce qui doit séparer le Soldat du
Prêtre, et les diviser pour les vaincre, quand depuis

deux ans passés, le drapeau de la France flotte sur le môle d'Adrien, et que nos grenadiers montent la garde au Vatican.

Quand donc l'évidence et la vitalité du principe ont-elles été mieux prouvées depuis les Croisades, que par cette croisade du XIXe siècle, par ce grand pélerinage armé qui dure encore?

Eh mon Dieu, oui! Tous ces pélerins, tous ces croisés à leur insu peut-être, mais qu'importe, Dieu ne demande pas à être compris, il demande à être obéi : tous ces croisés de notre armée, ces grenadiers qui donnaient l'assaut dans la nuit du 30 Juin, ces canonniers qui, à l'heure qu'il est, ont leurs pièces en batterie sur la plate-forme du château Saint-Ange, ces chasseurs à pied et ces dragons qui sillonnent la campagne de Rome, de Viterbe à Civita-Vecchia, ont ratifié de leur sang, à leur insu peut-être, la promesse de Tolbiac, l'engagement de 496. Ils acquittent à une de ses échéances le prix stipulé ce jour-là pour la vie de la France à venir, sous la garantie d'une Reine et d'une Sainte.

Le moment est bien choisi, il faut en convenir, pour contester la solidarité dans le sacrifice, quand il y a trois ans à peine, le premier prêtre de France s'associait dans le péril et s'unissait dans la mort volontaire à ses premiers soldats ; quand moins d'un an après, vingt mille de ses soldats, à leur tour, passaient la mer pour rendre au premier prêtre de la terre, les clés de sa ville pontificale : Et qu'à l'heure qu'il est, ses vaisseaux transportent de nouveaux bataillons qui vont s'associer à la même œuvre (1).

Le moment est bien choisi pour signaler l'affaiblissement, la déchéance et la mort du principe, quand au même jour, trois armées françaises, travaillant à la même œuvre, refoulaient la barbarie sous toutes ses formes, et disaient à ce flot débordé : « Tu n'iras pas plus loin. » Le même jour où à Paris, l'armée arrêtait dans sa marche ce flot envahissant de la démocratie débordée, par une résistance pleine de compassion, de dédain et de fermeté ; ce jour là même une autre armée, sur la terre d'Afrique, repoussait la barbarie sous une

---

(1) Et que sera-ce donc que le Concordat si ce n'est pas la reconnaissance de ce principe ; par le premier soldat du monde moderne, qui ne crut pas, apparemment, son épée assez puissante, et sa main assez forte, si elle n'était unie à celle du premier prêtre de la terre ?

Si vous n'en faites pas l'un des anneaux de cette chaîne de faits et d'hommes, où nous trouvons Charlemagne, à mille ans précisément de Napoléon, et entr'eux Saint Louis et Philippe-Auguste, ce ne sera plus autre chose qu'un fait isolé, insignifiant, stérile, illogique, et dépourvu d'effets, comme il était sans cause ?

autre forme, et faisait reculer le Croissant. — Et une troisième armée, quittant ses vaisseaux et frappant à la porte Saint-Pancrace, venait apporter l'épée de la France dans le plateau de la balance où se pesaient les destinées de la chrétienté.

Ces soldats n'en savaient rien sans doute, ni vous non plus, ni moi non plus; mais qu'importe. La France a acquitté à une de ses échéances le prix du traité qui l'a fait vivre pendant treize siècles et demi, avec le nom de fille aînée de l'Eglise. Elle l'a payé sans le savoir peut-être, mais qu'est-ce que cela prouve? Rien, sinon que l'armée est accoutumée à faire de grandes choses sans s'en apercevoir; que la France est assez riche pour payer une telle dette sans s'en douter, et qu'elle est toujours en mesure de faire face à une pareille échéance.

Mais j'ajoute qu'il n'était pas nécessaire que ces soldats le sussent, et que cette conscience n'était pas indispensable à l'accomplissement providentiel de leur œuvre. S'il était utile de vous en donner les raisons, peut-être ne serait-ce pas aussi malaisé que vous le pourriez penser. Il est facile, du moins, de vous montrer que cette tendance prononcée et spéciale, à une entière soumission, qui est la seule condition néces-

saire; cette prédestination qui n'exige pas le concours
du libre arbitre; cette aptitude religieuse, particulière
au soldat, ne date pas d'hier. Car l'histoire universelle
en offre bien des exemples que vous ne récusez pas
comme faits, sauf à en donner telle explication qui
vous convient.

Mais cette histoire saisissante qu'on appelle le nouveau Testament; l'histoire des trente-trois années de
cette vie, qui commence à Bethléem, pour se terminer
au Calvaire, en contient un témoignage qui n'a pas son
pareil.

Cette histoire nous dit, que Jésus-Christ, pendant
ces trente-trois années, ne rencontra qu'*une seule fois*,
une adhésion assez complète, pour le ravir, au point
qu'il en laissa éclater son admiration, dans des paroles
qu'il n'a jamais répétées.

« Je vous dis en vérité, que je n'ai pas encore trouvé
» une si grande foi que dans cet homme. »

Or, cette parole, ce ne fut, ni à Simon le lépreux,
chez lequel il demeura, ni à l'aveugle de Jéricho, ni au
paralytique de Nazareth, qu'il l'adressa. Ce ne fut ni à
la veuve de Naïm, ni aux dix lépreux de Samarie, ni au
chef de la Synagogue, ni à la Cananéenne, ni au bon

Publicain, ni même au bon larron. — Ce fut au Cente-
nier de Capharnaüm.

Cette parole, qui n'avait jamais été prononcée, et qui
n'a pas été redite, ce ne fut pas même un prêtre qui
l'entendit, pas même un disciple, pas même un apôtre,

— Ce fut un capitaine : Ce fut un soldat.

Soyez tranquilles et allez en paix. Fiez-vous, fiez-
vous au principe ; il prévaudra. Quel meilleur gage
voulez-vous de la certitude des conséquences, que les
garanties renfermées dans la cause ? Quelle meilleure
garantie voulez-vous de l'avenir, que le passé ?

Croyez-vous que les campagnes d'Afrique aient tari
le sang que le soldat a à vous donner ? Croyez-vous que
la campagne d'Italie, la prise, la rédemption de Rome,
aient énervé sa force, épuisé sa patience, ou amorti
son élan ? Croyez-vous que ses luttes à Paris, à Lyon,
sur tous les points du territoire où il a été appelé, lui
aient rendu moins évidente la nécessité de son concours,
de sa patience, de son dévouement sans réserve et
sans limites ? Ne voyez-vous pas que le principe est
présent, vivace, actif, et qu'il a pénétré ces masses
de l'esprit du sacrifice, qui a fondé, agrandi, illustré,
sauvé la France à toutes les époques de son histoire ?

Ne voyez-vous pas enfin, que si la grandeur et la

prospérité des nations sont en rapport direct et constant avec la splendeur du temple et l'éclat du camp,
c'est-à-dire avec l'abnégation du prêtre et l'abnégation
du soldat, il n'y eut jamais autant qu'aujourd'hui de
motifs de confiance, et de garanties de sécurité.

A tout esprit qui veut juger, à tout œil qui veut voir,
la présence, l'action, la vitalité du principe est démon-
trée par ses conséquences. A ceux qui le nient, qui ne
savent croire que ce qu'ils touchent, qui ont besoin
pour s'assurer que la terre tourne, d'aller vérifier son
mouvement, et suivre les oscillations du pendule, sous
la coupole du Panthéon, qu'y a-t-il à dire?

D'ailleurs, que vous le croyiez ou non, gens d'esprit
que vous êtes, ce n'est pas de cela qu'il s'agit, et cela
du reste a peu d'importance. Ce qui est important pour
la France, ce n'est pas que vous le croyiez, mais que
cela soit :

Et cela est.

XV.

Mais pour que le salut fût durable, suffirait-il de
l'effort de l'armée? suffirait-il que la force militaire,
active autant que ferme, énergique autant que patiente,
contraignît au repos, et réduisît à l'inaction les forces
dissolvantes répandues dans la société, par l'esprit de
rationalisme et de discussion poussé jusqu'à la folie,
quand il viendra à faire irruption dans le domaine des
faits? Tant qu'on n'aura pas substitué l'esprit d'obéissance à l'esprit d'insurrection, l'esprit d'*Ordre* à l'esprit de désordre, qu'aura-t-on gagné, sinon un jour de
repos entre deux jours de trouble, une heure de calme

entre deux tempêtes? Et ce calme momentanément rétabli, où est l'assurance de sa continuité et la garantie de sa durée, si ce n'est dans l'enseignement? — Dans l'enseignement qui prépare les esprits à en jouir, à s'y confier, à l'utiliser, à en tirer enfin, pour la société et pour l'individu, tous les avantages qu'il procure et tous les biens qu'il contient.

Or, cet enseignement le remettra-t-on aux mêmes mains, le confiera-t-on aux mêmes hommes, qui, nous croyons l'avoir démontré, ont amené par des transitions connues, par des transformations dont le présent nous donne la clé, les esprits de notre temps, à ce point de doute et d'hésitation que la limite entre le bien et le mal, semble pour eux effacée, ou indifférente?

C'est ici surtout que la solidarité entre le prêtre et le soldat montre plus que jamais sa puissance et prouve sa nécessité.

Car leur enseignement, plus analogue et plus rapproché qu'on ne se l'imagine, leur enseignement est le seul assez subtil pour pénétrer dans les esprits les plus étroits, assez puissant et assez étendu pour remplir et occuper les plus vastes.

Notre caractère national, avant qu'il fût dénaturé par l'imitation, et modifié par le rationalisme, était le résultat visible de ce double enseignement, qui avait pénétré dans les mœurs et s'était insinué jusque dans les moindres détails de la vie publique et privée. Les formules de politesse, qu'on dit aujourd'hui banales, tant elles avaient profondément modifié les habitudes : Cette coutume de céder le pas à l'étranger, même inférieur : Cette coutume hospitalière de ne songer à ses propres besoins que lorsque l'hôte est pourvu, même du superflu : Et jusqu'à cette banalité du *très-humble et très-obéissant serviteur :* — Ne montrent-elles pas clairement de quel enseignement elles dérivent, et ne disent-elles pas suffisamment leur origine.

Et si aujourd'hui encore, un usage des temps anciens, qui s'est conservé jusqu'à nos jours, veut qu'au moment d'en venir aux mains, et avant de croiser le fer, deux adversaires se saluent de l'épée ; N'est-ce pas pour dire et prouver à tous, même aux plus illettrés, que la politesse doit dominer et adoucir les relations de l'inimitié elle-même, et que la haine, même mortelle, ne doit point cesser d'être courtoise ?

« A vous le feu, Messieurs les Anglais ; la Maison du » Roi ne tire jamais la première. »

C'est là salut de l'épée, entre deux nations, avant ce duel glorieux et gigantesque de 1745, qui s'appelle la bataille de Fontenoy.

L'enseignement régimentaire, à lui seul, si restreint, si limité, qu'il soit, renferme et contient cependant, pour l'homme auquel il est destiné, tous les rudiments, tous les germes d'une éducation complète, et atteint ce but presque sans exceptions.

XVI.

Si de l'éducation purement professionnelle, nous voulions nous élever à l'examen de l'éducation libérale, lettrée, artistique même, nous reconnaîtrions mieux encore, et plus visiblement empreint, ce double et ineffaçable caractère.

Les arts, en effet, qui sont le complément, le luxe, la perfection de l'éducation de tous les temps, conservent jusqu'aux époques où ils sont détournés de leur destination moralisatrice, la trace de leur commune et évidente origine.

Les arts, destinés à éveiller dans l'âme humaine les impressions qui l'élèvent, et les sentiments qui l'exal-

7

tent, n'y devaient rien rencontrer qui fût plus digne de leur action, rien qui répondît mieux à leur appel, que ces deux passions, qui font taire en elle les instincts qui l'avilissent, et les appétits qui la dégradent.

Aussi voyons-nous la musique conserver encore aujourd'hui ces deux distinctions principales, de musique religieuse, et de musique militaire.—Car la musique lyrique moderne, qui n'est qu'une application, un détournement de l'art, au profit du sensualisme de nos jours, est une création hybride, contemporaine du rationalisme, et destinée à finir avec lui.

La peinture moderne n'a trouvé, hors de ces deux voies si fécondes, qu'un art sans profondeur, et un ciel sans horizon. Et il serait facile de suivre, pour ainsi dire géographiquement, l'influence de la Réforme sur l'art, et la dégénérescence presque synchronique qui en est résultée.

Le Vatican nous fait lire cette vérité, écrite de la main de Raphaël, en nous montrant sur ses murailles, à quelques pas de distance, la délivrance de St Pierre-aux-Liens, et le combat de Maxence.

Et quand Michel-Ange, après avoir peint, au maître-autel de la chapelle Sixtine, son terrible *Jugement dernier*, voulut représenter la Méditation, et personnifier la Pensée, dans une œuvre empreinte de la maturité de son génie, il sculpta une figure connue du monde entier, sous le nom de IL PENSIERO. — La Pensée.

Il n'y a dans les arts, ou du moins nous ne connaissons que cette seule personnification de la méditation, ce seul type du recueillement et de la réflexion profonde. Or, Michel-Ange ne l'a pas habillé en philosophe, ni en religieux, ni en poète, ni en artiste, ni en théologien, ni en docteur, ni en Pape. Et pourtant, ces types divers du penseur ne manquaient pas, dans le passé, ni dans le présent, au siècle et au pays de Michel-Ange et de Raphaël, du Corrège et de Léonard de Vinci, de Dante et de Savonarola, de Marco-Polo et de Christophe Colomb, de Machiavel et de Galilée, de saint François-d'Assise et de saint Thomas-d'Aquin, de Jules II, de Léon X et de Clément VII.

Or, savez-vous comment Michel-Ange a habillé LA PENSÉE ?

Il l'a habillée en SOLDAT. (1)

(1) Un petit poème dont l'auteur nous est inconnu, et qui a pour titre le nom même de la statue, IL PENSIERO, en donne une description qui commence ainsi :

Le marbre le plus pur, créé par Michel-Ange,
Est un jeune guerrier, triste, et beau comme un ange.
L'artiste l'a sculpté, languissamment assis,
A l'angle du tombeau de l'un des Médicis,
Etc.

Ce type de la pensée, il ne l'a tiré du marbre, ni affublé de la robe du rhéteur, ni drapé de la chlamyde du tribun ; il l'a sculpté dans la cuirasse de l'homme de guerre, et il a mis sur le front qui médite, le casque de fer du soldat.

Est-ce pour dire à la postérité la plus reculée, et à l'avenir le plus lointain, que parmi tant de glorieux exemples, parmi tant d'immortelles victimes, tant d'illustres martyrs ou serviteurs de la pensée, qui se dévouent à son culte, à des époques particulières, illustrant un siècle ou un pays, — c'est-à-dire un point dans le temps, ou un point dans l'espace, — seul entre tous, le soldat de tous les siècles et de tous les pays en est la victime toujours prête, le défenseur toujours armé, le serviteur, l'apôtre, et le martyr éternel ?

Est-ce la transformation typique, l'expression nouvelle, la traduction chrétienne enfin, de l'allégorie antique, qui la représentait aussi, le casque en tête et la lance à la main, et la faisait sortir, *toute armée*, du cerveau de Jupiter ?

Oui : — c'est que la pensée a besoin d'un appui. C'est que l'idée créatrice doit nécessairement engendrer, non à court délai, comme nous l'avons dit, mais immédiatement, et par un effet naturel et simultané, la force matérielle qui doit la défendre et la protéger, dans le sanctuaire inviolable, du cœur qui l'a inspirée, et du front qui l'a conçue ?

Le casque et la lance de la Minerve de Praxitèle, l'armure du PENSIERO de Michel-Ange, sont tout simplement aujourd'hui la batterie d'obusiers, le bataillon de chasseurs, et l'escadron de lanciers, qui sont de garde à l'Assemblée législative ;

Et ceci nous mène, par le chemin le plus court, à la réunion nécessaire de l'autorité dirigeante, et de la force militaire ; — au comité de salut public, ou à la monarchie.

C'est un choix à faire.

Toujours est-il que de tous les visiteurs qui ont admiré cette statue, de tous les poètes qui l'ont chantée, aucun n'a compris, ou du moins indiqué à quelle double source était puisée l'inspiration qui l'a produite.

La peinture et la statuaire détournées aujourd'hui, comme la musique, de leur but civilisateur, et abaissant leur vol, comme elle, au niveau des passions et des goûts de notre époque, conservent pourtant assez de traces de leur destination primitive, pour nous servir de preuves, et nous laisser entrevoir l'aube d'un jour meilleur, et l'espérance d'un retour, dont l'heure n'est pas éloignée.

L'architecture ? — L'architecture publique et monumentale ? — Mais le dernier tambour de notre armée d'Italie vous dira que le chemin qui va de Saint-Pierre à Saint-Jean-de-Latran, en longeant les substructions du Capitole, et le temple détruit de Jupiter Stator, passe sous les arcs, vingt fois séculaires, de Trajan, de Titus et de Septime-Sévère, élevés par la reconnaissance de l'antiquité à la gloire et à la patience des armées romaines.

Et ce chemin qui va d'une basilique à l'autre; ce chemin qui était bordé, du Capitole au Colysée, des merveilles de l'architecture latine; et de ses temples encore debout; par où passaient les armées victorieuses et les chars des triomphateurs; cette voie célèbre qui faisait l'admiration du monde et l'orgueil des Romains, ne s'appelait LA VOIE SACRÉE, que parce qu'elle était le passage de leurs Prêtres et le chemin de leurs Soldats.

L'art théâtral..? N'est-il pas plus simple, et plus sûr, peut-être, au lieu de nous aventurer dans une discussion technique, qui excéderait les limites de notre sujet et sans doute celles de nos forces, de dire tout simplement ce que nous avons vu, il y a peu de jours, dans une bourgade de province.

C'était jour de foire, et la population du lieu et des bourgs environnants, — plusieurs centaines d'hommes de tout âge, de femmes, d'enfants, — obstruait la route, encombrait la place, et se pressait en foule autour d'un théâtre en plein vent.

Une représentation venait de finir. Une autre allait commencer, sans autre intervalle que le temps nécessaire pour remplir la salle.

Ceux qui sortaient de là étaient visiblement émus, silencieux, attendris.

Curieux de juger la cause d'une émotion qu'on ne rencontre guères, et qui ressemblait si peu à celles que communiquent à la foule démoralisée de nos villes les théâtres qu'elle fréquente, celui qui écrit ces lignes suivit, sous la toile délabrée qui servait de porte, un flot de paysans qui le porta dans l'intérieur.

On représentait là, devant une foule muette et immobile, La Passion de N. S. J. C., et La Prise de Zaatcha. — Le drame religieux, et le drame militaire.

En sortant de cette baraque, témoin d'une émotion qu'il partageait, instruit par ces paysans, celui qui écrit ces lignes comprit pour la première fois, jusque dans sa

cause, la misère profonde et la vanité de cet art dégé-
néré, qui passionne la foule ardente de nos villes, autour de l'orgueil découragé d'un poète, des angoisses
d'un spéculateur, ou des tribulations d'un bâtard.

Il comprit que les seules sources où se puisent
l'émotion salutaire et l'améliorationt morale, sont le
spectacle de la lutte de Dieu contre le mal, et de
l'homme contre lui-même. — Sources qui n'ont qu'un
seul nom, parce que finalement elles n'en sont qu'une
seule. — Le Sacrifice. —

Il comprit qu'on sera bien étonné le jour où on
fera le dépouillement des pensées fondamentales, des
idées mères, qui ont cours dans le monde, de voir
qu'elles se réduisent à deux ou trois, et peut-être finalement à une seule : Pivot mystérieux autour duquel
tourne le monde et gravite l'humanité.

XVII.

Le but de tout enseignement, de toute instruction, est bien moins d'orner la mémoire, ou même d'éclairer l'entendement, que de diriger la volonté.

La direction de notre esprit est bien plus importante que ses progrès, et le temps où nous vivons est la preuve de cette vérité. La lueur faible et douce qui nous dirige vers notre gîte, vaut mieux que la lumière éclatante et trompeuse qui nous en éloigne. Nul ne songera jamais, à coup sûr, à accuser les esprits agités et déroutés des novateurs modernes, de manquer d'étendue, ni de pénétration, ni de fécondité. — Mais on n'est pas plus un grand esprit, parce qu'on a beaucoup d'idées, qu'on n'est un grand Capitaine, parce qu'on a beaucoup de soldats. L'essentiel, pour les idées, comme pour les troupes, est d'en avoir de bonnes, et surtout de les bien diriger. Le mérite d'une horloge n'est pas de marcher vîte, de marcher plus rapidement que le temps, mais d'aller bien, et juste. Or, tout savoir qui en même temps qu'il étend nos facultés, n'en règle pas l'emploi, la mesure et la direction, est un savoir pernicieux. — Et cette définition paradoxale de la science, « La science » est un chemin qui mène ceux qui le suivent à s'embourber un peu plus loin et plus avant que les ignorants, » semble avoir été faite pour notre époque et vérifiée par elle.

Le cardinal de Richelieu, d'ailleurs, écrivait en 1641 ces paroles prophétiques, que l'enseignement universitaire s'est chargé de justifier : « Quand le savoir sera » profané à toutes sortes d'esprits, on verra plus de » gens capables de former des doutes, que de les résou» dre : et beaucoup seront plus propres à s'opposer à » la vérité, qu'à la défendre (1). »

L'enseignement a donc pour but principal la direction des volontés. Cela revient à dire qu'il n'est pas destiné à *étendre* l'instruction, mais à l'*élever*.

1) Cardinal de Richelieu, *Testament politique*, 1641.

L'esprit qui s'étend aperçoit des *réalités*. — L'intelligence qui s'élève voit des *vérités*. — Or, la connaissance des réalités ne sert qu'à opérer, dans l'ordre matériel. — La notion des vérités agit dans l'ordre moral, et sert à bien penser et à bien vouloir.

Les esprits lancés avec une impulsion fatale à la recherche des réalités, rencontrent un peu plus tôt ou un peu plus tard la limite assignée, le terme marqué d'avance à tout esprit qui suit cette voie : et ce doute universel et contagieux que nous voyons, n'est autre chose que la révolte d'un esprit borné contre les obscurités où il s'égare, contre les ténèbres où il se perd.

Dans ces esprits nourris d'un faux savoir, le sophisme et l'envie naissent avec la pensée. Or, d'un sophisme à une cartouche, nous l'avons vu, la différence est bien peu de chose.

Ce qui marque le rang d'un homme, c'est moins le progrès de son savoir que le degré de son éducation.

Ce qui détermine le rang d'un peuple dans l'espace et dans le temps, ce n'est ni l'étendue de son commerce, ni la perfection de son industrie, ni la bonne entente de son système douanier, ni le chiffre de son exportation, ni le taux de sa rente. C'est le degré de son éducation publique, et la discipline de son armée.

Ce n'est pas, en un mot, la somme des *réalités* qui l'enrichissent, c'est le produit des *vérités* qui l'améliorent.

Cette double forme, cette indissoluble alliance de la force morale et de la force matérielle, de la doctrine enseignante et de la doctrine armée, est si bien la condition double et nécessaire de toute autorité, la base de tout ordre, le garant de tout progrès, que nous voyons à chaque prise de possession de la doctrine négative, cette forme se reproduire en se transformant : et nous donner ainsi dans ses transformations diverses et nécessaires, la mesure de son pouvoir et le degré de son influence.

XVIII.

La doctrine affirmative, la société Catholique avait pour expressions de la force enseignante et de la force armée, l'homme d'Église et l'homme de guerre. Le Prêtre et le Soldat. — Deux forces positives.

La doctrine négative, arrivée à son dernier terme sous le nom de Rationalisme, neutralisa ces forces, et résolut de les déplacer, en remettant la force enseignante aux mains de l'Université, et la force armée aux mains de la Garde nationale, — Deux forces négatives.

Le règne entier du roi Louis-Philippe fut un long effort pour concilier ces contraires, et neutraliser cet

inconciliable antagonisme. Sa chute inévitable et pré-
vue, puisqu'il s'appuyait sur deux négations, en fut le
terme, et l'expression définitive. Aussi avons-nous vu
le Clergé et l'Armée y rester étrangers, non par un
calcul préexistant, ou par un effet de leur volonté, mais
par le signe contraire des deux forces qui se neutrali-
saient, et l'opposition des deux principes, dominant les
hommes, et supérieure aux évènements (1).

Aussitôt après la révolution de Février, une autorité
naquit de l'insurrection victorieuse. Cette autorité de
hasard, qui en était l'expression fidèle, et la pensée
dirigeante, ne pouvait faillir à cette loi invariable de la
nécessité d'une *Force.* — La Force se produisit. — Force
multiple sans unité, incohérente et stérile, comme
l'autorité dont elle était destinée à protéger la pensée.

(1) Le Congrès de la Paix, cette réunion de philanthropes,
qui a égayé un moment la France, exclusivement composé
de protestants, et de rationalistes ; ce Congrès innocent, que
sa bonne intention aurait dû sauver du ridicule, était par-
faitement logique, et conséquent avec son principe.

C'était la seconde phase de la lutte ; et la nécessité de s'en
prendre au soldat s'était révélée à ces apôtres de la raison
pure, sans qu'ils s'en rendissent compte. C'était tout simplement le complément nécessaire et fatal de leur schisme
religieux. La suppression du sacrifice sous une de ses deux
formes.

Le gouvernement était *provisoire* : il créa une garde *mobile*.

Et toutefois la force exécutrice doit être, et est si bien l'expression, la représentation exacte et fidèle de la pensée dirigeante, que si cette garde mobile, cette troupe provisoire, reproduisait dans sa composition l'assemblage étrange, l'antagonisme perpétuel du gouvernement qui l'avait décrétée, elle en reproduisit aussi l'énergique et victorieuse résistance à l'anarchie, le courage héroïque, et le sublime mépris de la menace et du danger.

Mais une des têtes de cette autorité polycéphale exerçait au palais de la Préfecture de police une action particulière et distincte. Il lui fallait aussi sa Force; nous allons voir la Force se produire. Elle eut besoin d'un Soldat : elle le fit à son image. *Fecit illum ad similitudinem suam.* — Et le Montagnard prit naissance !

Vous vous rappelez cette honteuse et repoussante contrefaçon du soldat, comme la Garde nationale en est la contrefaçon dérisoire, cet homme armé qui effrayait Paris : débraillé, hagard, aviné. Ces yeux ardents, brillant d'un feu sombre, au milieu de ce visage dévasté, entre ces cheveux en désordre, et cette barbe inculte, pareils à ces lampions nocturnes, allumés sur des décombres ; — mais ce n'était là qu'une des expressions jumelles de la Force. C'était la honte et la négation du Soldat, il y manquait la honte et la négation du Prêtre. Vous l'aurez.

Vous vous rappelez aussi que le jour même où cette troupe de montagnards se réunissait, et prenait un corps, les murs de Paris furent couverts et souillés des proclamations de l'Eglise française, intronisée par un apostat, et inaugurée par un excommunié.

Dérision lamentable, et ignoble parodie du Prêtre et du Soldat, ces deux apparitions jumelles surprirent et effrayèrent un moment Paris, puis retournèrent à leur fange natale.

Mais elles ont assez longtemps contristé l'Église et fait honte à l'armée, pour marquer avec évidence le troisième et dernier degré de déchéance et d'avilissement où tombe une société qui s'écarte de ces deux types primitifs et immuables, contemporains de son origine, auteurs et gardiens de toutes ses conquêtes, protecteurs de tous ses progrès, et défenseurs de tous ses droits.

Ce troisième, et dernier, et lamentable exemple suffit, croyons-nous, à fermer la série de preuves que nous comptions apporter à l'appui de nos assertions, savoir :

— Que le Prêtre et le Soldat, tous deux et solidairement, sont la représentation de la même idée sous son double aspect : L'ORDRE.

— Que cette idée suffit dans le présent, comme elle a suffi dans le passé, au salut de la société en péril.

— Enfin qu'elle seule y suffit.

Nous avons ajouté que cette idée sauvait les sociétés qui ne sont pas condamnées, et sauverait la nôtre qui ne l'est pas.

XIX.

S'il est vrai, dans l'ordre social, comme cela est
constant dans l'ordre physique; s'il est vrai, que les
nations, comme les individus, ne dépérissent et ne
meurent que par l'affaiblissement graduel et prolongé,
par la défaillance et l'extinction du principe d'activité
et d'expansion qui est en eux, les preuves que nous
avons apportées de la féconde et vivace activité du
principe générateur auquel la France a dû sa durée,
sa gloire et sa force, nous dispenseraient d'appuyer sur
cette évidence.

Il est en effet pour nous de la plus haute et de la

plus consolante évidence, que jamais ce principe ne fut plus présent, ni plus actif.

Malgré les efforts soutenus, persévérants, et souvent couronnés de succès, qu'a tentés l'école rationaliste pour détourner ce peuple de la voie de ses traditions, de son chemin providentiel, n'est-il pas visible que le mal est circonscrit, et que la contagion n'a pas pénétré à une profondeur telle que le salut soit impossible, ou seulement douteux?

Nous déclarons, quant à nous, ne conserver à cet égard, ni un doute, ni une inquiétude.

Pascal a dit :

« Il y a plaisir d'être dans un vaisseau battu de » l'orage, lorsqu'on est assuré qu'il ne périra point. » Les persécutions qui travaillent l'Église sont de cette » nature. »

Il en est ainsi pour nous des agitations de la France, et le plaisir qu'éprouvait Pascal à se sentir battu de la tempête, dans ce vaisseau de l'Église dont il ne craignait pas le naufrage, nous le ressentons dans toutes les émotions que nous fait éprouver le présent; car il provient d'une confiance semblable, et d'une sécurité qui n'est mêlée d'aucune crainte.

Le principe générateur et conservateur de la société française, nous l'avons dit déjà, trop dit peut-être, c'est l'esprit de sacrifice, que nous avons essayé de montrer vivace et persévérant, au sein de son clergé et de son armée.

Plus de trente années d'efforts, par tous les moyens de propagation que la liberté mettait à sa portée, n'ont pas suffi à l'école rationaliste pour déraciner cet esprit tutélaire. Il alimente avec une fécondité qui ne se dément pas, l'Église et l'Armée. — C'est lui qui fournit, sans jamais se lasser, le curé de nos campagnes et le soldat de nos régiments; le prêtre aventureux de nos missions lointaines, et le hardi marin de nos escadres. Sortis presque sans exception de la chaumière ou du château, ces hommes s'en vont, pénétrés de cet esprit d'abnégation qu'on méconnaît, conjurer, par leur exemple, l'influence et les effets de ce dogme stérile et desséchant des intérêts matériels.

A qui a vécu au sein de ce peuple armé, et de ce peuple des champs, sans lequel on s'obstine à compter, l'incertitude n'est pas permise. A qui l'a vu, toujours et partout, empressé, confiant, généreux jusqu'à l'héroïsme, accourir au premier signal, voler au premier danger, partout où un cri de détresse se fait entendre, partout où il y a un service à rendre, un secours à apporter, un risque à courir, un sacrifice à faire; le doute est interdit, et la défiance est impossible.

Non pas que nous refusions de croire au danger, et
qu'endormis dans une fausse sécurité et dans un opti-
misme ridicule, nous méconnaissions la difficulté de la
situation, l'imminence et la gravité du péril. — Mais
nous avons la confiance motivée, que si, ce qu'à Dieu
ne plaise, le danger croissait, et la lutte devenait nécessaire, elle ne serait du moins, ni longue, ni douteuse.
S'il fallait prévoir le jour où l'esprit de désordre, faisant
invasion dans le domaine des faits, tentera de prévaloir
par la force matérielle, l'esprit d'ordre, retrempé à sa
source, reprendrait par un suprême et glorieux effort la
place que le mal ne saurait lui disputer, sans donner
un démenti à tout le passé de la France : et la Patrie
qu'on croit agonisante, et qui n'est qu'endormie, serait
sauvée, comme elle est née, par les mérites du Prêtre,
et le sacrifice du Soldat.

Nous avons dit pourtant, en commençant, que nous
avions la douloureuse conviction que tous les efforts
tentés pour rétablir l'Ordre, étaient par avance dénués
de chances de succès, et frappés de stérilité. Nous
avons dit que ceux qui le tentaient par les moyens si
souvent et si vainement employés, n'y parviendraient
pas, n'y pouvaient point parvenir.

Ce n'est pas assurément que leur énergie nous fût
douteuse, ou leur sincérité suspecte ; c'est que, pour

nous, il est de la plus claire vue et de la plus saisissante évidence, que quiconque tentera d'édifier dans l'état présent des esprits, et dans la situation morale actuelle, sentira fatalement le terrain lui manquer sous les pieds, et le sol se dérober sous son œuvre.

C'est qu'on n'édifie pas sur un terrain mouvant et inégal, bouleversé par les éruptions, et sillonné par la lave de ce volcan, dont le cratère fume encore.

C'est qu'on ne fait pas de l'ordre avec du désordre. C'est qu'il ne suffit pas de vouloir l'ordre dans la fin, il faut encore le vouloir dans les moyens.

Car nous retrouvons encore ici cette loi, tant de fois énoncée, de l'identité proportionnelle des effets aux causes, qui veut que l'effet reproduise, perpétue et multiplie la cause; et qui dit enfin que l'effet n'est autre chose que la cause à l'état d'expansion, dans le temps ou dans l'espace.

Donc tout bien fait par le mal, donc tout ordre fait par le désordre, est un bien et un ordre apparent, faux, stérile. Stérile, non, car c'est un bien altéré dans son essence, vicié dans son principe, et empoisonné dans sa source, et qui produira nécessairement, fatalement, le mal et le désordre dont on a mis en lui le germe.

1830 et 1848 sont deux preuves contemporaines de

l'infaillibilité de ce resultat, et de la rigoureuse exactitude de ces déductions.

Tentées et accomplies non seulement sans l'armée, mais contre elle, ces deux révolutions portaient l'une et l'autre le signe profondément empreint de l'esprit qui les a fomentées ; et il est facile de reconnaître au premier coup d'œil le caractère différent et bien tranché de ces deux révolutions, en voyant par quel côté différent chacune d'elles a attaqué l'Ordre.

La première, préparée de longue main, et accomplie par les classes moyennes, était le résultat de l'enseignement public des quinze dernières années. C'était le rationalisme faisant irruption dans le domaine des faits, et faisant un effort pour introduire dans le gouvernement de la société française le dogme de la raison pure, et les doctrines de la fin du dernier siècle,

Elle avait, en raison de ses tendances, un caractère plutôt philosophique. Son adversaire le plus direct était le Prêtre. Elle a plus abaissé le Clergé, et plus ménagé le Soldat.

La seconde, plus radicale, et recrutant ses forces les plus nombreuses aux plus bas degrés de la hiérarchie sociale, accomplie pour satisfaire à des appétits plus grossiers et des instincts plus brutaux, était en quelque sorte plus matérielle. Elle a plus épargné le Prêtre

réservant pour le Soldat, ses plus violentes attaques,
ses plus cruelles vengeances et ses plus sanglants
affronts.

Mais toutes deux ensemble et solidairement prouvent,
sans objection possible, que là où le Soldat manque, et
où le Prêtre est absent, l'ordre pèche par sa base, et
le désordre seul est constitué.

Faut-il ajouter qu'ici comme partout, nous ne vou-
lons pas parler du Soldat, comme *Force,* mais du Soldat, comme *autorité*, c'est-à-dire avec le nombre et
l'unité, la Hiérarchie et la Tradition. — Non enfin du
Soldat comme fait; mais du Soldat comme principe.

XX.

L'Ordre est étayé, soutenu, échafaudé par la Hiérarchie, transmis et perpétué par la Tradition.

La Hiérarchie lui donne la solidité du point d'appui, la fixité du point de départ, l'aplomb, l'équilibre.

La Tradition lui communique, avec la vitalité rénovatrice, l'harmonie de la succession, la continuité, la durée. — Sans la Hiérarchie, il n'y a qu'incertitude, hésitation, flottement. Sans la Tradition, il n'y a qu'un présent éternel, sans avenir possible, puisqu'il est sans passé.

La Tradition est une ligne; c'est-à-dire un guide.

Le Présent est un point; c'est-à-dire rien.

La Tradition est un cours d'eau.

8

Le Présent est une mare.

Et c'est à ce cours d'eau de la Tradition, surtout, que s'applique excellemment le mot de Pascal. — « Les rivières sont des grands chemins qui marchent, et qui portent où l'on veut aller. » La Tradition, c'est le grand chemin de l'humanité, qui la porte où elle doit aller.

Le cours d'eau assainit l'air qu'il purifie, rafraîchit et fertilise le sol qu'il parcourt et qu'il arrose.

La flaque d'eau se dessèche et s'évapore, sans autre résultat que des miasmes délétères répandus dans l'air qu'elle corrompt, et une vase impure et fétide au fond du trou qu'elle a creusé.

La Hiérarchie et la Tradition, sans lesquelles il n'y a pas d'Ordre ; c'est l'âme des institutions ecclésiastiques et des institutions militaires, c'est la vie du Prêtre et du Soldat.

L'Ordre est soutenu par la hiérarchie, et la hiérarchie est continuée par la tradition. — Ces conditions essentielles et constitutives de l'Ordre n'existent nulle part dans la société moderne, si ce n'est dans le clergé catholique, et dans les armées permanentes.

Leur hiérarchie, attaquée par l'école rationaliste, avec une ardeur toujours croissante, et une habileté incontestable, a résisté à tous ces efforts, et est aujourd'hui le seul point d'appui solide et sûr où se puisse rattacher, avec quelque espoir de salut, une société qu'entraîne à la dérive le flot toujours montant des idées nouvelles.

Mais si l'école rationaliste n'a jamais cessé, ni ralenti ses attaques, elle n'a jamais non plus ni clairement annoncé ses projets, ni clairement dit son dernier mot.

Nous allons tâcher de le dire.

Nous allons tâcher de montrer clairement, évidemment, simplement, quelle est, en dernière analyse, l'alternative inévitable, le choix final, où seront réduits les partisans irrésolus du principe d'autorité, ou les rationalistes indécis.

Bien des esprits ne sont incertains, que faute de voir bien la route, et surtout d'en distinguer clairement le terme. Nous allons tâcher d'éclairer la route, et surtout d'en indiquer le but, avec une clarté si évidente qu'il soit impossible de s'y méprendre.

Toute Hiérarchie est une pyramide, dont le sommet porte un nom particulier, et s'appelle Monarchie. (1)

_____

(1) Il est inutile de dire que nous prenons ici le mot Monarchie, dans son acception la plus étendue.

En d'autres termes , toute Hiérarchie ayant une Monarchie pour sommet, toute Monarchie a une Hiérarchie pour base.

Summum non stat sinè infimo. (1)

Le principe générateur de la pyramide impliquant un sommet, le principe générateur de la pyramide hiérarchique implique forcément le sommet monarchique.

Ces deux Hiérarchies religieuse et militaire ont donc pour résultat fatal, infaillible, mathématique, la Monarchie.

Or, ce principe générateur, nous le voyons, toujours présent, fécond, actif, éternel au sein de l'Église et des armées permanentes.

Prêtre : Soldat : Ordre : Monarchie : sont donc quatre termes mathématiques et indivisibles, d'une proposition qu'on ne peut scinder.

Il faut les accepter tous quatre, ou les rejeter ensemble; ils ne se séparent pas.

Le principe opposé, hostile, incompatible, que nous avons nommé doctrine négative, et que nous avons tâché de suivre à travers ses diverses transformations, nous l'avons montré vivace et persistant, actif et opi-

(1) Saint Thomas, *Sum. theol.*

niâtre, retranché, à l'abri des institutions nouvelles, dans l'Université, et la Garde nationale.

Université; Garde nationale; Désordre; Anarchie, sont donc aussi pour nous les quatre termes opposés, mathémathiques, indivisibles, de la proposition contraire. (1)

Ces quatre termes sont, nous croyons l'avoir suffisamment indiqué, incommutables et indivisibles; et la question se trouve ainsi réduite à cette proposition, aussi simple que possible :

La République, avec les deux hiérarchies, religieuse et militaire, est aussi impossible, que la Monarchie est impraticable avec l'Université et la Garde nationale.

La France, pour maintenir le principe républicain, n'a

(1) Si cette indivisible corrélation avait d'ailleurs besoin d'une démonstration, nous la trouverions dans des faits récents, et qui auraient dû frapper les esprits les plus prévenus. N'avons-nous pas vu, pour ainsi dire à heure fixe, la dissolution des Gardes nationales de Strasbourg, Grenoble, Vesoul, Châtellerault et vingt autres villes, coincider mathématiquement avec la suspension des Professeurs de l'Université? — Le désordre sous ses deux faces.— Et une foule de bourgades retrouver le calme et la paix, à la suite d'une double ordonnance qui les délivrait le même jour de leur garde nationale et de leur instituteur?

donc d'autre alternative possible que de fermer ses églises et d'abolir son culte, de renoncer à ses traditions militaires et de licencier son armée, sous peine de voir le principe actif et fécond qui réside au sein de ces deux Hiérarchies, engendrer fatalement le sommet de la pyramide dont elles sont la base.

Ce n'est pas là de la discussion hypothétique, de la politique éventuelle et conjecturale ; c'est de la Géométrie élémentaire. Et nous sommes destinés à des luttes dont la cause n'est autre que l'antagonisme inconciliable entre ces deux principes. Le résultat final et inévitable sera donc, ou la génération mathémathiquement nécessaire de la Monarchie, au sommet de ces deux Hiérarchies que la République a imprudemment laissées debout ; ou le nivellement radical et indispensable du sol qui les supporte : C'est-à-dire l'expansion illimitée du principe universitaire ; avec la permanence et l'indissolubilité des Gardes nationales.

Ramenée à ces termes, qui ne sont point contestables, la question se réduit, pour la France, à choisir entre l'Eglise catholique et l'Université : Entre son armée, et l'Institution de la Garde nationale.

Toute transaction, tout compromis est formellement,

absolument, radicalement impossible. L'antagonisme des deux principes est surabondamment démontré par les douleurs du passé, et les angoisses du présent. Angoisses et douleurs dont la France sera sauvée et guérie, nous en avons la foi la plus inébranlable, par son Armée et son Eglise ; par les mérites du Prêtre, et les rméites du Soldat.

On se tromperait étrangement, en concluant de ce que nous venons de dire, que pour nous, Ordre et Monarchie soient synonymes. — Nous ne croyons pas à l'ordre improvisé et à la paix qui se décrète.

Vouloir sauver un pays, *à priori,* par la *forme* seule de son gouvernement, c'est vouloir sauver un malade par la *forme* du vase dans lequel on lui présente son breuvage. — Le breuvage, c'est l'Ordre.

Nous sommes profondément, irrévocablement convaincus de la stérilité, bien plus, du danger de la parole politique ; nous croyons fermement que gouverner par les assemblées, c'est dire aux vents de gouverner le navire, aux flots de diriger le pilote. — Nous croyons irrévocablement à l'excellence de ce mot de Platon, « le Nombre est père du trouble : l'Unité en est l'antidote. »

Et si nous voulions trouver une raison, non encore
déduite, de notre foi profonde dans le salut par le
Prêtre et le Soldat, nous la trouverions dans l'Unité,
qui leur assure le succès en excluant le trouble.

L'abus de la parole, poussé jusqu'au délire, n'a pu
pénétrer, malgré tous ses efforts, au sein de ces deux
parts de la société française.--Là encore, et là seulement,
le silence est un élément de force. Partout ailleurs règne
et prévaut un usage immodéré, un abus effréné de la
parole. L'Église et l'Armée seules opèrent en silence.
Et si nous avons été perdus par la parole, il est dans
les voies de la Providence que nous soyons sauvés par
les seuls qui sachent se taire. — Les saines pensées,
les hautes inspirations, les résolutions invincibles, sont
filles du silence et non du bavardage; elles naissent
de la méditation, et non de la loquacité.

Un penseur de l'école rationaliste a résumé dans des
leçons d'histoire cette vérité, mise en oubli partout
ailleurs, et qui est restée, presque à l'égal de l'obéissance, une des conditions de la vie du Prêtre, et de la
force du Soldat.

« On apprend aux hommes à parler; on devrait leur

» enseigner à se taire. — La parole dissipe la pensée,
» la méditation la condense et l'accumule. — Le par-
» lage, né de l'étourderie, engendre le désordre. — Le
» silence, enfant de la sagesse, est ami de la Paix. —
» Athènes, éloquente, ne fut qu'un peuple de brouil-
» lons; Sparte, silencieuse, fut un peuple d'hommes
» graves et forts. Et ce fut sans doute pour avoir érigé
» le silence en vertu, que Pythagore reçut des deux
» Grèces le nom de sage (1). »

Athènes, c'est le Palais-Bourbon. Sparte, c'est
l'Armée.

Ceci posé, il s'agit aujourd'hui, pour la France, de se
sauver de la ruine et de la décadence; de se préserver
du plus sanglant et du plus effroyable cataclysme dont
les annales des temps passés nous aient transmis la
mémoire. En un mot, la question posée à la génération
actuelle, est une question de VIE ou de MORT.

Essaiera-t-elle de l'homœopathie, ou se sauvera-t-elle
par les contraires?

Se sauvera-t-elle par la Discussion, ou par la Foi?

Par la Liberté absolue, ou par l'Obéissance passive?

(1) Volney. *Leçons de l'Histoire.*

Par la Parole, ou par le Silence?

Par le Nombre, ou par l'Unité?

Par la Hiérarchie, ou par l'Anarchie?

Par la Tradition, ou par le Hasard?

Par le Principe, ou par le Fait?

Par l'Église, ou par l'Université?

Par l'Armée, ou par la Garde nationale?

Tel est le choix suprême qui doit, en fin de compte, décider du salut ou de la perte de la société française; de la gloire, des arts, de la civilisation des générations passées, comme du repos, de la grandeur et des destinées des générations futures : En un mot de l'avenir, comme du passé de la Patrie.

Toute la question est là.

Nous avons essayé de mettre sous les yeux de quelques-uns les pièces de ce procès, les éléments de cette décision.

Pour nous, nous l'avons dit, le salut est certain. Le doute ne nous est pas possible.

L'Église et l'Armée, inséparables et solidaires, peut-être sans le savoir, sont, dans cette solidarité providentielle, les deux inébranlables points d'appui de la société en péril : les garants de l'avenir, comme les glorieux représentants du passé de la France.

L'avènement des doctrines sauvages qui menacent cet avenir, serait le démenti d'un passé impérissable.

Cela ne sera pas.

La lumière ne se lèvera jamais sur ce triomphe; et le soleil qui doit éclairer ce jour-là n'est pas encor fait.

CRVCE ET GLADIO.

FIN.

ÉPILOGUE.

———

Distancé par les évènements qui viennent de s'ac-complir, celui qui écrit ces lignes n'aurait pas, à coup sûr, publié l'essai que voici, s'il ne contenait, à son avis, quelques vérités dont l'importance a survécu aux graves évènements qui en ont interrompu la publication.

L'Armée a sauvé la France du plus lamentable désastre, de la plus effroyable déroute, dont les siècles passés nous aient légué le souvenir. La presse lui bat des mains. La reconnaissance publique lui tresse des couronnes, lui vote des remercîments, lui décerne des épées d'honneur.

9

L'Armée s'étonne de cet enthousiasme, et sourit à ces éloges. On persuaderait difficilement à un seul d'entre ces hommes, qu'il a fait plus que son *service*. Et si vous trouvez chez tous la conscience du devoir accompli, vous ne trouverez, chez aucun, l'orgueil du devoir dépassé.

Mais si grand que soit le service rendu par l'armée à la civilisation européenne, service dont les actes sauvages qu'elle n'a pu réprimer, constatent l'importance et mesurent le prix, on ne le voit pas sous son jour véritable, et ceux même qui applaudissent à son triomphe, prennent encore ici le fait pour le principe, et l'effet pour la cause.

Sur tous les points de la France, à la fois, le même jour, à la même heure, l'Armée a marché, agi, pensé, comme un seul homme.

Ses corps réunis et concentrés, comme ses corps détachés, isolés, disséminés sur la surface du territoire; ses plus fortes colonnes, comme ses moindres détachements, sous le commandement de ses plus vieux généraux, comme sous la conduite de ses plus jeunes officiers; tous à la fois, et avec un miraculeux ensemble, ont fait un pas en avant dans cette voie providentielle, qui est celle des armées, et se sont trouvés, le

même jour, à la même heure, en face du désordre et
de la barbarie, pour faire à la patrie attaquée un bou-
clier de leur poitrine et un rempart de leur corps.

Les soldats en route, eux-mêmes, surpris dans leur
marche isolée, par cette insurrection universelle et
simultanée, ont eu, à la même heure et partout, le sentiment unanime de leur devoir, et la conscience de leur
mission.

En un mot, de ces quatre cent mille hommes,
vivant aujourd'hui sous le joug protecteur et sous la
règle austère de la discipline, pas un, un seul, même
isolé, même malade, même blessé, pas un n'a manqué
à cet appel suprême, à ce cri de détresse de la patrie,
à qui la barbarie en délire s'apprêtait à mettre le genou
sur la poitrine, et l'épée sur la gorge.

C'est là le fait prodigieux, inoui, sans pareil, qui
fera dans les siècles à venir l'orgueil de la France,
l'étonnement du monde, et l'admiration de l'histoire.

Qu'une troupe bien commandée, bien armée, bien
pourvue, sûre de sa ligne, et voyant clairement son
devoir, ait bon marché de bandes désordonnées et
bruyantes, de vagabonds ameutés, de malfaiteurs

errants, c'est là un fait qui n'a rien d'inattendu, et une lutte qui ne pouvait être douteuse pour personne.

Mais que de ces hommes simples, entourés depuis trois ans des plus incessantes suggestions ; que l'ignorance expose à tous les pièges, la simplicité à tous les dangers, la pauvreté à toutes les séductions ; traqués à toute heure, et en tous lieux, autour des quartiers, autour des camps, autour des postes, par des racoleurs à gages, et des embaucheurs infatigables ; que pas un seul n'ait cédé à ces promesses, succombé à ces entraînements : — Que ces publications de tout genre, répandues à profusion, commentées par la perfidie, propagées par la malveillance, n'aient pu, malgré tant d'efforts, de soins, d'habileté, obscurcir dans un seul de, ces esprits crédules et sans défense, la claire vue, la subite et saisissante évidence de la ligne à suivre et du danger à conjurer ; c'est là le fait qui dépasse tout ce qu'attendaient du soldat ceux qui l'aiment et le connaissent le mieux ; c'est là le fait miraculeux et providentiel qui nous frappe d'étonnement et nous ravit d'admiration.

Mais c'est le fait aussi qui nous permet de répéter que ce n'est ni par la justesse de son tir, ni par la longueur de ses lances, ni par le poids de ses boulets, que l'armée nous a sauvés ; mais par sa présence, par sa

discipline, par son exemple, par son unité, sa hiérarchie, sa force morale enfin. — Non par la force qui est
son *fait*, mais par la force qui est son *principe*.

Que dirait aujourd'hui le Pape Benoît XIV, qui
disait ceci, déjà, en 1740 : « La nation française est
» une étrange et heureuse nation. Elle fait des sottises
» tant que le jour dure; et Dieu les répare pendant la
» nuit. » Oui, Dieu, pendant la nuit, avait soufflé sur
tous ces hommes. et dans toute l'étendue de la France,
à la fois, ils se sont trouvés debout au point du jour,
pénétrés d'une même pensée, obéissant au même devoir, et animés d'un même esprit.

Puis leur tâche accomplie, leur *service* fait, ces hommes s'en sont retournés à leur service de tous les
jours, à leur devoir ordinaire et monotone, à leur train
de vie obscur et accoutumé, et à tous ces petits travaux
journaliers qui vous les faisaient dédaigner.

L'École utilitaire, qui avait appelé la Patrie, *le pays
légal ;* la frontière, *ligne de douanes*, appelait aussi
dans son jargon bizarre, dans cet argot étrange, qui
est, dit-on, la langue des affaires, elle appelait le soldat, un *consommateur improductif.*

Et un publiciste éminent, organe de cette école d'é-
conomistes, écrivait ceci, il y a quatre ans à peine :

9*

« La France paie la prime énorme d'un million par
» jour, à une *compagnie d'assurances*, qui lui fera ban-
» queroute au jour de l'incendie. » — Cette compagnie
d'assurances, c'était l'Armée française.

Si nos forces n'ont pas trahi notre intention, si nous
avons réussi à donner de nos premières assertions, des
preuves assez nombreuses et assez convaincantes, il
résulte de ce que nous avons dit, la nécessité de rétablir
l'ordre moral par l'enseignement, et l'ordre matériel
par l'armée.

L'Enseignement, dont de plus habiles que nous ont
pris la défense, est, à fort peu de chose près, suffisamment protégé par la loi qui le régit. Cette loi qui a sou-
levé bien des objections, avait pour premier et inappré-
ciable avantage, d'être la seule possible, quand elle fut
votée. Et elle a, quoique incomplète sous quelques
rapports, obtenu tout ce qui se pouvait obtenir et tout
ce qu'il était raisonnable d'espérer. Nous croyons qu'en
l'état actuel de la question, on pourra obtenir, et on
obtiendra davantage. Mais déjà atteint profondément par
la loi actuelle, l'enseignement universitaire lutte avec
un désavantage marqué, et se débat péniblement pour
soutenir une concurrence impossible. La réaction salu-

taire qui s'opère dans les esprits de notre époque contre des doctrines dont le moindre défaut est de nous avoir amenés où nous sommes, cette réaction visible et croissante fera le reste, même avec la loi actuelle. Et nous considérons la question comme résolue, en faveur de la liberté d'enseignement.

L'ordre matériel miraculeusement rétabli par l'armée, impose aux législatures à venir le devoir d'assurer sa conservation par toutes les mesures qui, donnant à l'organisation militaire de la France, la force, la stabilité, la puissance, se traduisent en repos, en honneur et en prospérité pour la Patrie.

Nous croyons fermement que cela sera.

Mais la série est nombreuse des questions à résoudre, des études à poursuivre, et des fautes à réparer.

Loi d'organisation de la force publique. — Révision du Code pénal et de la Législation militaire. — Amélioration du sort des sous-officiers. — Mais surtout et avant tout, suppression de cette lèpre du remplacement, et études sérieuses et approfondies des améliorations à apporter au régime, à l'instruction, à la composition de cette École militaire de Saint-Cyr, que l'Empereur Napoléon appelait sa POULE AUX ŒUFS D'OR. — La refonte complète du ridicule programme d'admission et du mode d'examen. Questions épineuses, mais urgentes et fondamentales, dont la solution entraîne avec elle des résultats certains et d'incalculables avantages.

La France a été sauvée d'une mort qui paraissait prochaine, ayant à son flanc droit et à son flanc gauche, et ouvertes depuis plus de soixante ans, ces deux plaies de l'Université et de la Garde nationale. Elle a été sauvée par la discipline et par l'unité.

Le schisme doctrinal et le schisme militaire sont morts tous deux du même coup qui a remis l'Église et l'Armée en possession de tous leurs devoirs. Atteint par la loi actuelle, l'enseignement universitaire s'éteindra bientôt dans l'impuissance et dans l'oubli. — La Garde nationale, dont l'ordre est le plus sûr contre-poison, disparaît également du monde Européen, et tombe dans le trou qu'elle a creusé, au milieu du rire universel, et ensevelie dans le ridicule. Que ceux qui ont eu la faiblesse et le malheur de croire à cette institution du désordre, jettent en passant quelques fleurs sur sa tombe, et que la terre lui soit légère.

Plus libre et plus assurée désormais dans sa marche, débarrassée de ces deux entraves, la France s'avance vers l'avenir qui s'entr'ouvre. La cause de la civilisation occidentale est gagnée. Le flot révolutionnaire est désormais arrêté dans sa marche ascendante. Et la Patrie, qui respire plus à l'aise, se relève et se rassure en voyant à sa droite et à sa gauche les deux hommes providentiels qui ont présidé à sa naissance, et qui concourent à sa résurrection : car elle voit unies et croisées sur sa tête les deux mains qui l'ont toujours protégée et servie : celle du Prêtre pour la bénir, celle du Soldat pour la défendre.

10 Décembre 1851.

Chartres. Garnier, imprimeur.

www.ingramcontent.com/pod-product-compliance
Lightning Source LLC
Chambersburg PA
CBHW051149260626

47170CB00005B/2025